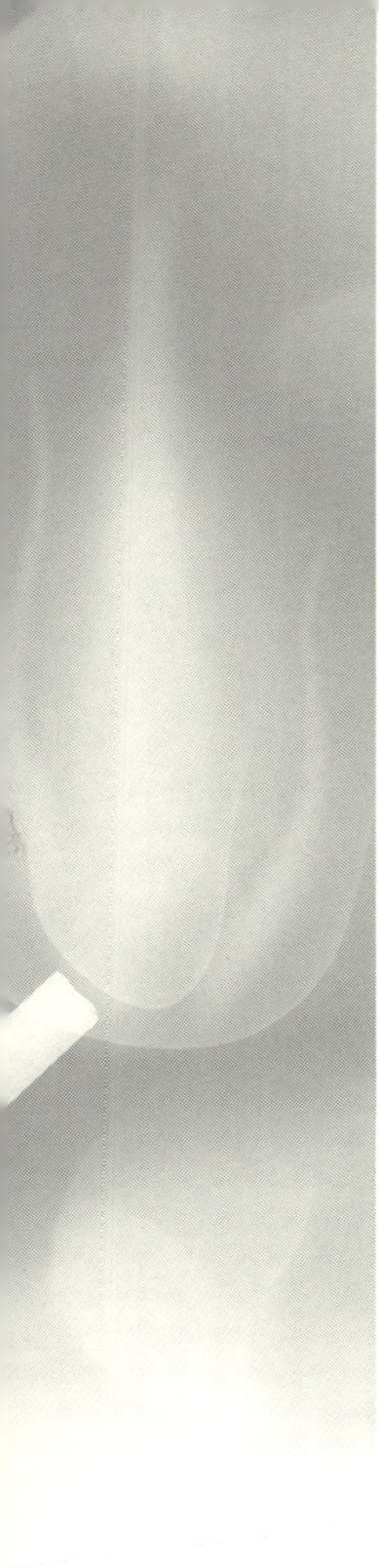

ヨベル新書
040

# マッチ棒の詩──死で終わらない人生

## 服部ますみの道程

服部 稔［著］



YOBEL,Inc.

# 永遠を指さした生涯

山中正雄

二〇一二年夏、一人の女性が厳しい闘病生活を経て、地上から天へ旅立ちました。彼女の名は服部ますみ、享年72歳2か月。歴史書に名が記されるような偉大な人物ではありません。兵庫県に誕生し、大阪聖書学院卒業後、著者である夫と共に高知の小さな教会へ赴任。以来、牧師夫人、子供4人の母、また幼児のための「めぐみ園」主任として最期の日までいのちを燃焼させせました。

ますみさんは、一見すると体つきは細身で、穏やかに語る女性でしたが、夫をして「奥様というより『前様』の方がぴったりくる」と言わせた「スーパーウーマン」でした。伝道・牧会の成果が出にくい地方の教会で、勤勉・実直な性格の夫を45年間支え続けてきました。

妻の功績がどれほど大きかったか。時間の経過と共に改めて気づき、別離の悲しみを深めている著者の心情に読者はふれることでしょう。その意味では、本書は人生の同伴者・同志として互いに支えあった夫婦の生活記録、闘病記といえるかもしれません。

ただ一読してわかるように、通常の闘病記の範疇には属さない書物でもあります。夫婦論、人生論、信仰論、そして死生学的探求が随所に展開され、深められているからです。自らの生活体験と聖書に基づく堅実な信仰――。これら2本の糸をしっかりと結び、より併せていく。そのユニークな記述の仕方に読者は感動を覚えるに違いありません。一度、二度、三度……と繰り返し読む内に枝葉の部分はそぎ落とされ、永遠に存続する聖書の言葉だけが読者の心に深く残る。そうした読み方もできる書物です。そして、それこそが住まいを天に移した著者の妻ますみさんの真実な願いではないでしょうか。この書を通して生きる希望を見い出し、喪失の悲しみの中から立ち上がる人が起こされるよう祈るものです。

二〇一六年十月

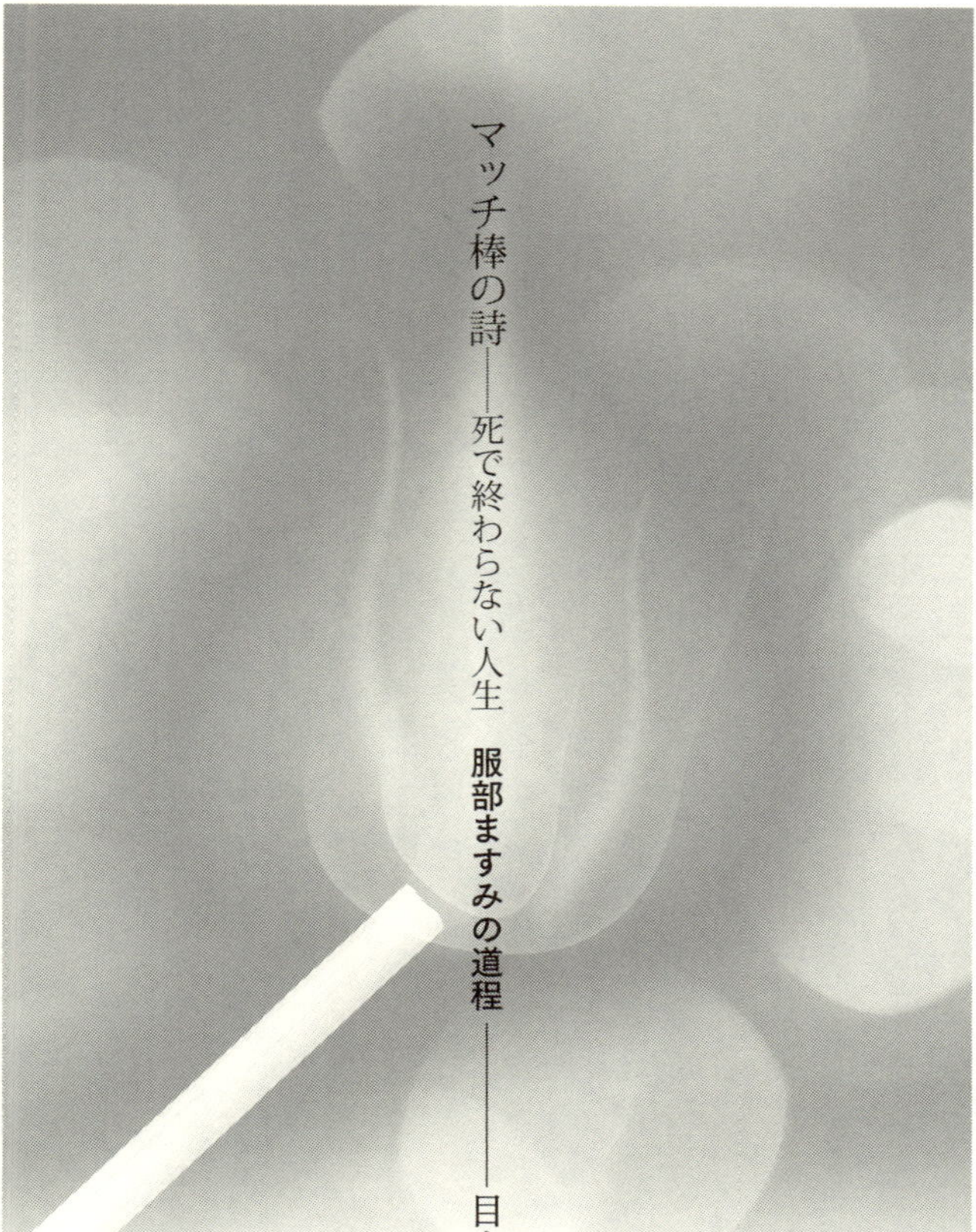

# マッチ棒の詩――死で終わらない人生　服部ますみの道程――目次

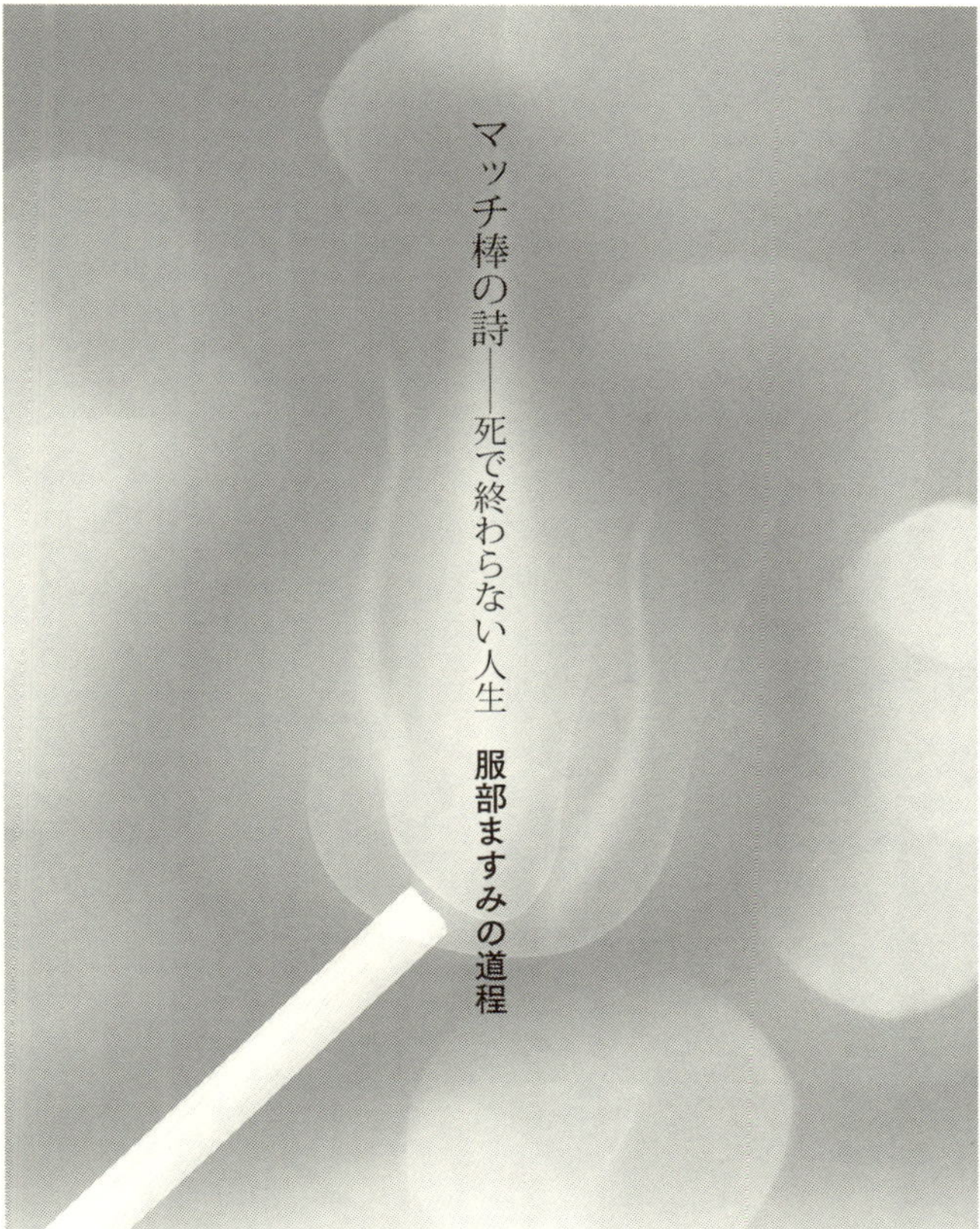

# マッチ棒の詩——死で終わらない人生

## 服部ますみの道程

## マッチ棒の詩

自分の人生を
マッチ棒にたとえると
それを燃えず
くすぶらせて
終わりたくない
赤々と燃えて
終わりたい
それがたとい
早く燃え尽きても

妻の遺品を整理していたら、沢山の書き物が出て来た。何か書いていることは分かっていた。が、これほどの量の、しかも血の吹き出るような文章を遺しているとは、夢思わなかった。昔は、達筆の字を読むのに苦労した。だが、長年連れ添っているうちに慣れて来た。というのは、経営していた幼児園の書類を印字してプリントするのが私の仕事だったからだ。

和綴じのノートに筆ペンで書かれたものが七冊ほど出て来た。好きだった俳句や短歌、詩や随筆などもあり、その中に遺書もあった。めくっているうちに、涙が出てきて困った。冒頭の詩を見つけ、衝撃を受けた。まさか、あの妻が、それ程の激しい思いを内に秘めていたとは。迂闊だった。私の目は節穴だった。何も分かっていなかった。

初対面の彼女は、可憐で、細くて、明るくて、清楚に見えた。

その頃、私は関西のある聖書学校に舞い戻って来ていた。出て行ったときには居なかったのに、舞い戻ってみたら、見慣れない学生が数人。その中のひとりが彼女である。

学校は、一級河川に並行する幹線道路沿いにあった。昼間は交通量の多い道路を渡ると、割に大きな公園があり、その向こうに川が流れていた。一級河川の下流部分だから、川幅は広く、対岸のビルが小さく見えた。

淀川は改修前で、土手も川岸も草が生い茂り、自然が十分残っていた。釣りをする者あり、散歩やランニングを楽しむ者ありで、なかなかの環境と気に入っていた。

私は九州の生まれで、高校を卒業するまでは実家で暮らした。そこは東シナ海を臨む魚港で、家具の製造販売が稼業だった。父親は根っからの職人気質で、寡黙。実母は私が幼稚園の頃、父と別れ、四人の子を残して出て行った。次男の私は、小中高と地元の学校に通い、大学になってようやく県外に出た。

大学生活に失望した私は、前期の試験も受けずに家に帰り、親に弟子入りした。父は喜んだが、それを聞いた兄は激怒したらしい。自分は中卒で家具職人の道に入ったのだから、無理もないと今は思うが、その時は兄の気持ちを斟酌《しんしゃく》するだけの余裕がなかった。申し訳ない。

修行は厳しかった。職人部屋に寝泊まりし、朝も早く、夜業もあった。新入りの朝いちばんの仕事は、研ぎ場に水を張り、膠《にかわ》を沸かすことだった。冬場の朝の仕事は、学生気分の抜けない次男坊には決して楽なものではなかった。

研ぎ場は、窓際の一角にあった。長年使われていたようで、大分年季が入っていた。水が溜まると、膠を沸かす。膠は毎日必ず沸かさなければならない。なぜなら、ボンドという便利なものが無かったので、接着剤として必需品だったからだ。

三か月が過ぎた頃、耐えられなくなって家を飛び出した。本気で職人になる気が無かった

ので長続きしなかったのだ。その時は突然やって来た。朝、ぐずぐずしていたら、

「いっずい（いつまで）寝ちょっとか？　早よ、起きらんか！」

という父の怒った声。飛び起きた私は、学生服を着て、手金庫から五千円札を失敬して、そのまま飛び出した。

行く当ては無かった。が、自然に足が動き、鹿児島に出た。すると、何故か継母の実家がある与論島に行きたくなった。沖縄の復帰前だったので、日本最南端の島である。そこで一か月を過ごし、奄美大島の名瀬市で一か月過ごした後、鹿児島の実母の家に転がり込んだ。そこで三か月も居候をした私を、兄が探し出し、迎えに来てくれた。父は黙って迎えてくれたが、まともに顔を見られなかった。

傷心の私を助けてくれたのは、高校時代に少しだけ通っていた教会から舞い込んだハガキだった。「教会に来てみませんか」という短い文面だったが、「助かった！」と思った。それ以来、熱心に教会に通い出し、また夏が来た。夏はキャンプの季節。誘われるままに参加して、最終日に決心した。親に、

「洗礼を受ける」と言うと、即座に、

「洗礼を受けるなら勘当だ。」

「分かった。」

という訳で、洗礼を受けた翌日に家を出ることになった。家を出ると言っても、十八歳の若造に行く当ても伝《つて》もない。取り敢えず、中学校時代に仲の良かった柔道部時代の友達を頼って、名古屋に行くことにすると牧師に言うと、牧師は、

「大阪の聖書学院に寄ってみなさい。名古屋の途中だから」

と勧めた。そこの学院長とはキャンプの時に知り合いになっていたので、気は楽だ。それに、急ぐ旅でもないので、寄ることにした。そして、結果的に、名古屋行きは中止。聖書の勉強をすることになったのだが、献身したわけでもなく、召命観《しょうめいかん》（主に神によって呼ばれて神に献身し、牧師、宣教師などの教会の聖職者としての使命を与えられることを意味する。）の無い者がそこで長続きするわけもなく、また放浪の旅に出た。

それからも、色々あった。親戚の家に転がり込んだり、新聞配達店に住み込んだり、いちばん長続きしたのは家具の量販店の店員。約一年後、もう一度学校に帰ろうという思いが忽《こつ》然《ぜん》として湧いて来た。何がそうさせるのか分からないが、抗しきれなくなって、というより、何かに誘われるようにして、気が付いたら舞い戻っていた。そこに、待っていたかのように現れたのが、ポパイの恋人オリーブのように細い体をした娘だった。これが運命というものなのであろうか。

## 学生結婚

私たちは学生結婚だった。出戻り学生だった私は、卒業まで尚三年を要していた。が、お目当てのオリーブが二年で卒業できる聖書教育課程にすると言い出し、ぐずぐずしておれなくなった。教室に二人きりになったとき、彼女が何気なく言った言葉が、私を突き刺した。

「私、来年卒業することにしたの。」

「えっ、なぜ？」

「だって、O先生のギリシャ語の授業が大変だから。」

「…………」

絶句した私は、部屋に帰ってもまだ混乱していた。どうしよう。もう時間がない。来年の春になれば、彼女はもう学校にはいない。だが自分は？　そう思うと気が焦る。自分が四年過程を終えるには、後二年か。さて、と腕を組み、計算するまでもないのだが計算してみた。やはり一年足りない。さてどうする？　ことここに至っては、告白する以外にはないか……。慌てた私が何をどう伝えたか想像にお任せするが、正直なところ自分でもほとんど記憶がない。とにかく、結果オーライで、婚約、結婚と、とんとん拍子に進んで行った。まったく、あれよ、あれよも良いところである。

学校近くの安アパートを借りて、そこに移って新婚生活のスタート、と言えば聞こえは良いが、貧乏学生同士の結婚だから、つつましいもの。私はガソリン・スタンドでアルバイト。彼女はピアノ教師で、私より収入が多かった。生活力においては、結果的に、結婚生活の初めから終わりまで頭が上がらなかったが、その時には、まさかこれが最後まで続くことになるとは思いもしなかった。

私のオリーブは播州の生まれで、音楽教師をしていた。音痴の私には、ピアノを弾けるというだけで雲の上の存在であった。そもそも私の家には楽器といえるものなど何もなかったし、唄声が響くことも皆無という家風で育った身にしてみれば、ただそれだけで、あこがれてしまう。そんな存在だった。だが、唯、ぼーっとなって、上の空でいたわけではない。もし牧師になるのなら、何かと便利だという打算がちゃっかり働いていたのも事実である。

その頃の私は、まだ気持ちがふらふらしていていた。というのは、どうしても牧師になると決めていたわけではなかったからだ。それがいつ固まったのかと聞かれると困るが、この年まで牧師で居続けることになったのは、彼女の存在が大きかった。というより、それが全てだったかもしれない。こんなことがあった。

「卒業したら、どこか就職しようか？」

「あら、牧師にならないのだったら、わたし離婚するわよ。」

「冗談だよ！」

「そう？　……」

この時以来、その話はタブーになった。

卒業を前に、四国の宣教師から牧師の話が来た。そこは、定期的に通って奉仕していた教会であり、何よりその宣教師に魅かれていたので、二つ返事でOKを出した。が、その時はまだ、今の自分を想像できるはずもなかった。

彼は、それまでに会ったどの宣教師とも違っていた。土着の農民のように働き、日本に完全に同化しているように見え、その生き方にある種の感動を覚えた。

彼との出会いの場は学校の教室。風呂敷包みを小脇に抱え、前かがみの姿勢で、大股でドシドシと入って来た。変わった宣教師もいるものだというのが第一印象。とにかく破格なのだ。風呂敷といい、朴訥《ぼくとつ》な風貌《ふうぼう》といい、物の言い方といい、一風変わっていた。いちばん気に入っていたのは飾らない人柄で、憎めない人だった。

彼は風呂敷をおもむろに開けて、早速、出エジプト記の講義を始めた。その鮮烈な思い出が尾を引いて、四国行きを決定させ、今の私がある。薩摩の男が播州の娘と結婚して土佐の人になる、その下地が出来上がったのは、この瞬間であったのかも知れない。

## ほろ苦い思い出

アパート生活で忘れられない思い出が一つだけある。それは、部屋でニワトリを飼ったことだ。ある日、妻となったオリーブがヒヨコを一羽抱えて買い物から帰って来た。

「どうしたの?」

「ホットケーキの景品に付いてたの。可愛いでしょう?」

「どうするの?」

「飼うわよ。」

「エッ? 飼うったって、この部屋で?」

「そうよ! いいでしょう!」

「まあ、いいけど……」

新婚早々、ケンカもできず、仕方なく飼うことにしたが、ご想像の通り、後が大変だった。初めの内はまだ良かった。昼間は、五畳ぐらいの部屋に新聞紙を敷き詰めて放し飼いにし、夜は籠に入れて飼った。妻を親だと思っているヒナは、共同便所に行っても付いて行く始末だったが、可愛いから何の問題もなかった。しかし、一か月もすると大きくなって、さすがの妻も音を上げて、「誰かにあげて来てよ！」とノタマウ。惚れた欲目で反対も出来ずに、「分かった」と抱いて出かけたが、貰ってくれるような奇特な人は誰もなく、途方に暮れてしまった。そのニワトリをどうしたのか、もうよく覚えていない。犯罪者の真理で、自分に都合の悪いことは記憶から排除する意識が働くというが、ちょうどそのような感じで、薄ぼんやりした靄《もや》の中にいる。妻には、「おばさんが貰ってくれた」と嘘をついて、一件落着となったが、捨て猫をしたような気分で、未だにほろ苦い思い出である。

ほろ苦いと言えば、婚約の報告に帰省したとき、思わず取った行動が、未来の妻の眉をひそめさせてしまった。今思えば、初めて鹿児島の実家に行くのだから、彼女の心境は穏やかではなかったに違いないのだ。なのに、私は、実に無神経だった。

大阪から国鉄特急で行った。山陽本線から鹿児島本線に入り、故郷の駅に着いた。駅舎の外観は少し変わったが、プラットホームや通路は今でも当時とほとんど変わらない。そのプラットホームに降り立った私は、何を思ったのか、

「これ持って！」

と、それまで自分が持っていた荷物を、か弱い婚約者に持たせた。ちなみに、この頃の体重は三八キロ。その時のことは、後々、彼女の強力な武器となった。男尊女卑の気風の強い土地柄、古里の駅に着いた途端に無意識に出たチョンボで、返す返すも、悔やまれてならない。

その夜のこと、やせ細ったオリーブの君を案じた父親が、

「あれで子が産めるのか？」と、真顔で言ったことも忘れられない思い出だ。ところが、その後、次々に子どもが生まれると、「いったい、何人産むつもりじゃ。」とノタマウ。親とは勝手なものだ。勿論、その頃はもう勘当は解けていた。そんなこんなの顛末ながら、婚約時代はあっという間。新婚時代はないに等しく、土佐の住人になると、まさに光陰矢の如しで、半世紀など幻のように過ぎ去った。が、現実は幻でも何でもない。厳然として目の前にある。

ここで、新婚旅行の思い出をひとつだけ。富士五湖めぐりと言えば聞こえはよいが、学生の身であったので、実際は二泊三日のささやかなもの。それも最初の一泊は車中泊ときた。その二泊目の強羅ホテルで、風呂上がりにピンポンをすることになった。

結果は私の負け。これは予想外だった。なぜなら、卓球をやっている姿には、これまで、一度もお目に掛かれていなかったからだ。高校時代に遊びでやっていたとは聞いていた。が、

これほど強いとは思わず、油断していた。で、最初のうち、緩い球を返してあげたら、遠慮せずに打ち込んできた。スマッシュをする時は、体が躍動して、右足がピョンと跳ね上がる。すると、角度が付いた球が鋭く決まり、打ち返せない。たちまち、何点かリードされ、これではならずと、真剣になったが、時すでに遅く、すっかり相手のペースにはまって、あえなく敗戦。くやしくて、「もう一丁」と再戦を申し込んだ。が、体よく逃げられてしまった。跳ね上がった細い足が今でも目に焼き付いている。

## 私になかったもの

唄はかなりうまかった。美空ひばりや、島倉千代子の唄を同僚の女子学生にせがまれて歌っていたようで、時々男子寮にも聞こえて来たのを覚えている。結婚してからは賛美歌ばかりで、歌謡曲を歌うことが少なくなったのは、ちょっと残念だった。が、それを言うと、また問題になりそうで言い出せなかった。

実家に帰ったとき、聞かれたわけでもないのに、「心がきれいな人」と紹介した。今思えば、なぜそう言ったのだろうかと自分でもおかしくなる。が、それは、偽らざる思いであって、それがあったから結婚したことは間違いがない。しかし、この未来の妻は、ただ心のきれいなだけの単純な女性ではなかった。それが分かる為には、なお多くの年月と人生経験が必要であった。なぜそう感じたのだろうかと考えてみた。九州男児の自分の環境は、とにかく殺風景で、粗雑で荒っぽいものだった。女性らしい、細やかな心配りに飢えていたところがあって、それを心がきれいだと感じたのかもしれない。あるとき、それを感じた瞬間があった。それは、涙を見た私が、

「なんで泣いてるの?」と聞くと、

「お父さんのことが気になるの」と言った時だった。ただそれだけだが、自分にそのような経験が全くなかったので、新鮮な驚きがあり、そのように感じたようだ。私も男だなあ。

結婚してから分かったことだが、妻は私にないものを色々持っていた。例えば、友達が多いことである。それも、幼馴染の友達が、年を取っても訪ねてくることがあり、驚かされた。小学生時代、中学生時代、高校生時代と、それぞれに友達を作って、それが長続きするのだから、すごいと思う。自分には考えられないことで、尊敬してしまう。

亡くなった後でもそれは変わらなかった。わざわざ、兵庫県から夫婦で来てくださった方もあった。ご主人は妻を知らないのに、高知くんだりまで来てくださり、有難かった。日頃の付き合いが、表面的なお付き合いではなく、心が通じていた本当の友達だった証拠だと思い、

今更のように感心する。

高校を出てから、あちこちを彷徨《さまよ》い歩いた私には、そのような友達は一人も出来なかった。だからどうだというのではないが、その人の生き方が友達にも現れることを思わされた。そう言えば、よく電話がかかってきて、人生相談にも乗ってあげていた。親身になって心配するので相談しやすかったのだろうと思う。

私は電話が苦手で、若い頃は要件だけ済ますとすぐ電話を切った。だから、私が電話に出ると、教会の用事でも、がっかりしたというような雰囲気が受話器越しに感じられたものだ。

## 子育て奮闘記

土佐に来て、その年から子どもが、しかも男ばかり四人が続けて生まれ、それからしばらくは、子育てに追われる日々が続いた。長男が六年生になったとき、末っ子が入学して、四人が同時に同じ小学校に通うことになり、ちょっとした町の話題になった。

長男が生まれたとき、夫婦の間で言い争いをした。

「この子が三歳になったら柔道を教える」

「いいえ、ピアノよ」

結局、どちらも教えることになった。その頃の家計は火の車。宣教師から貰う給料が三万五千円で、到底足りない。それで妻が「ひとつぶの麦音楽教室」を開いて、生活の糧とした。日常の家事に音楽教室、教会の用事、日曜日になれば子供会（日曜学校のこと）に、礼拝の奏楽、それに次々に生れる子どもたちの世話、目の回るほどの忙しさは、それこそ筆舌に尽くしがたい。今思うとすべてを背負っていたのは私ではなく、妻だった。私にできることは限られていた。

私たちはよく口げんかをした。原因は、最初の内はお互いの性格の違いによるものだったが、それが分かってくると、教会や子育てに対する意見の違いで口論するようになった。

ある時、ふたりが尊敬していた八ヶ岳の先生が、「一度もケンカをしたことがない」と聞いて、顔を見合わせて、思わず笑ってしまった。「それはあり得ない」と顔に書いてあったのは言うまでもない。その頃になると、か弱いはずのオリーブ姫は、すっかりたくましくなって、昔の面影は何処にもなかった。今思うと、流れのほとりに植えられた木のようにしっかり成長し、時が来るのを待っていたのかもしれない。

忙しい妻に代わって、子どもたちの学校関係のことは私が一手に引き受けた。長男が六年生になった時の、ある参観日に、

「お母さん。参観日に来てよ。一度も来てくれなかったのだから」と泣かれた時には、さすがにショックだったと、後で言っていたが、本当は、それほど忙しい思いをさせていた私にも責任がある。

## 草相撲

子ども時代、親と遊んだ記憶はほとんどない。母親も父親も忙しくて、それどころではなかった。おそらく同年代の人たちの多くが同じようなものだったのではないだろうか。貧乏暇なしとはよく言ったもので、子どもと遊べる親など日本中探しても、そうはいなかったと思う。だから、それを恨んだり、不満に思ったりしたことは一度もない。それでも一度だけ、父親が相撲をとってくれたことがあって、そのことはよく覚えている。

私の父親は小柄だったので、兵隊に取られなかったが、県の青年柔道大会で三位になったほどの猛者だった。だから、私が勝った時、みんな驚いていた。中でも兄は、今でもその時のことを、「あれは可笑しい。親父はわざと負けた」と断言する。その根拠が、「青年大会で三位になるほどの大人が子どもに負けるはずがない」というものであった。

私は小学五年生の頃から、急に体が大きくなって、誰と相撲を取っても負けなくなった。

それで、当然のように、中学入学と同時に柔道部に入った。兄が言うように、親父がわざと負けてくれたとすれば、その理由は何だったのだろうか。私に自信を付けさせるためだろうか？　まさかそれはないだろうと思う。なぜなら、妙に自尊心が強い所があったからである。真相は分からない。が、いずれにしても、そのような思い出が残ったのは、今となっては何かほっとするものがある。希薄な親子関係と思っていたが、案外、親の思いは、私たち子どもが思う以上のものがあったのかもしれないと思うようになったのは、親を越える年月を生きて来たお陰かもしれない。

## めぐみの園

めぐみ園が始まったのは一九七七年（昭和五二年）四月だった。妻は張り切っていた。が、私は今ひとつ気が乗らなかった。というのは、幼児教育の経験が全くなかったからである。そもそも、この話が始まったのは、音感教室の母親たちから「幼稚園を始めてほしい」という依頼を受けたのが発端だった。しかし、いきなり幼稚園という話ではなかった。その前に、土佐山田の幼稚園で一年間教えた経験があり、妻の心の中に、その思いが温められていたものが実を結んだものであった。

とは言え、無認可の幼稚園（幼児園）を始めるということは、言うほど簡単なことではない。四人の幼い子どもの世話をどうするか。園舎は？　送迎バスは？　遊具は？　人手も資金も足りない。問題山積とはこのことだ。ところが不思議なことに、その問題が、一つずつ取り除かれて行った。まず園舎は、大谷から移築していたカマボコ兵舎を改造した。天井と床、そして壁を新建材で補修して、何とか使えるようにした。最初は柔道教室や自由塾で使っていたが、トイレなど水回りを整備してなんとか使えるようになった。すべて自分でやったので、かかった費用は格安で済んだ。

水道工事は親しくしていた金物店のご主人の指導で、電気工事も隣の電気工事店のご主人の指導で、そのほとんどを自分の手で工事した。それが、私のその後の活動に大いに役立つことになる。

天井を張っている時、妻に手伝ってもらった。天井板に使ったベニヤ板が大きくて、一人では工事が出来なかったので、支えてもらったのだ。ところが、慣れない仕事が祟ったのか、心臓発作を起こして、以後は大工仕事の手伝いは出来なくなった。

園舎は何とかなった。だが、遊具はそういうわけにはいかない。それに、送迎バスの問題もある。頭を悩ませていたら、入園予定の保護者の有志が必要額を貸してくださった。

四人の子どもたちの世話は私も協力し、炊事係は鹿児島から来てくれた母が引き受けてくれた。かくして、難問の山は見事に均《なら》されて、めぐみ園が始まった。

すべては妻任せで、私は言われたことをハイハイとするだけだった。それが、園長兼小遣い時々牧師生活の三十五年の始まりである。なにしろ、幼児教育はずぶの素人で、何をどうしたらよいのか全くわからないのだから仕方がない。

## 大家族時代

私は今、昼間は独りである。同居同然の息子夫婦は共働きで出て行くし、孫たちは学校や保育所や託児所に行って、家にはいない。三年前にこの暮らしになった当初は、独りに慣れずに困った。まず、食事である。食事には二つの側面がある。あ、いや。この項の目的は独り暮らしの侘しさを書くことではないので、繰り言は止めておく。

我が家が八人の大家族になった時期があった。勿論、一辺にそうなったのではない。二人で野市にやって来て、その年に長男、次の年に次男、その二年後に三男、またその二年後に四男が生まれた。しばらくして、鹿児島の実母が、昔のお返しとばかりに転がり込んできた。これで総勢七人となった。六年もしないうちに、二人から七人になり、それから数年後に、妻の父が合流した。私も若かったし、妻も若かった。だから、不安はなかった。が、現実は、そう甘くはなかった。

二十畳ほどの牧師館に八人が暮らすのだから、息苦しくなるのは当然で、この暮らしは長続きしなかった。だが、破綻《はたん》の原因は家の狭さにあったのではなく、その中の人間関係の難しさにあった。全く違った環境で育ち暮らした他人同士が、同じ屋根の下で生活することの難しさを、若い私たちが余りにも軽く見ていたことが主な原因であった。

当時の私たちは、めぐみ園のことで猫の手も借りたいほど忙しかった。だから、お互いの親のことに構っている余裕がなく、気付いた時はもう、二人の関係は修復不能の状態だった。それに、義父のバイク事故が重なり、まず義父が去り、しばらくして、実母も鹿児島の兄に引き取られて行った。大家族時代はかくして終わりを告げたが、今となっては、後悔は多いが、その後の私たちの人生にとって大切な土台の時代だったと、二人に感謝したい。

私は親のことを思って泣いたことはない。その私が妻となった人の親を思って泣く涙に魅かれて結婚したのはどういう心理の綾なのだろうか。親心と言い、子心と言い、魔訶不思議なものを私たちは神から与えられている。大事にしなければと思う。

私たちがめぐみ園を始めることが出来たのは、母が来てくれて、炊事係を引き受けてくれたお蔭が大きい。もし、母が居なければ、教会と園と子育ての三本立ての生活は不可能だった。それを思うと、主の山に備えありと感謝の外はない。

義父の戦争体験に一言触れておきたい。妻は、「いつか父に戦争の話を聞いておきたい」と言っていたが、ついにその機会がないままだったことを悔やんでいた。一度だけ、話を聞いたことがあったという。それによると、ある時、溝に落ちて気絶している間に、敵が通り過ぎて、命が助かったという話をしてくれたという。余程のことがあったのだろう。

最後に、義父の思い出を二、三。

将棋が好きで、子どもたちが大きくなると、よく指していた。かなり強かったので、相手にならなかったようだが、嬉しそうに指していたことを思い出す。

煙草を吸っているのを見て、子どもたちが珍しそうに見ていた。すると器用に、パフパフと輪を作って見せて、得意そうにしていたが、今は昔の話である。何しろ、あれから四十年近い時空を流れ流れて、ここまでたどり着いたのだから。

互いの親たちのことを書いているうちに、高村光太郎の『道程』が不意に浮かんで来た。「僕の前に道はない。僕の後ろに道は出来る」というあれだ。教科書で習ったのは七行ほどの短いものだが、初版物はそれより随分長い。出だしはこんな風である。

どこかに通じてゐる大道を僕は歩いてゐるのぢやない
僕の前に道はない
僕の後ろに道は出来る
道は僕のふみしだいて来た足あとだ
だから
道の最端にいつでも僕は立つてゐる

なるほどと思った。人は誰でも自分の道程（人生）の最先端に立っているのだ。この道を始めたのは自分ではない。自分の両親でもない。人祖《じんそ》（アダムとエバに始まる人類の祖の意味。）がこの道程の始まりである。人は誰でも人類の歴史を背負って、その最先端を生きているのだ。そう思うと、身震いする。

妻は自分の人生をマッチ棒に譬えた。そして、「赤々と燃えて終わりたい」と言った。命の炎が燃え上がるのは、ほんの一瞬である。だが、それを支えている部分は長い。だからこそ、くすぶらせず、悔いなく終わりたいと思うのかも知れない。妻の人生は、ほんとうに、赤々と燃えて終わったと思う。

## 理想の妻

だれが賢い妻を見つけることができるか、
彼女は宝石よりも優れて尊い。
その夫の心は彼女を信頼して、
収益に欠けることはない。
……………
その子らは立ちあがって彼女をほめたたえて言う、
「りっぱに事をなし遂げる女は多いけれども、
あなたはそのすべてにまさっている」と。（箴言31・10〜29）

### 家庭の民主化

戦後、民主主義が家庭の中まで入ってきた。男女平等というわけで、家事の分担が叫ばれ、子どもの人権が尊重されるようになって、逆に親の権威がなくなった。特に影が薄くなったのが父親で、地位の低下は目を覆うばかりである。

民主主義はいいものだと思い込まされた日本人は、無批判にそれを受け入れようとしてやっきになったが、形だけ民主化されても、中味はちっとも変わっていない。いや、かわっていないのならまだしも、生半可に変わってしまったので、余計に始末が悪い。例えば家事の分担だが、これはほとんど実現されていない。家庭における男女の役割は前とほとんど変わっていないと言っても過言ではない。

やっていることは変わっていないのに、意識だけは完全に変わってしまった。女性の側には「民主主義の時代だからもっと手伝ってくれてもいいのに」という不満があり、男性の側には「いくら民主主義の時代でも家事はやっぱり女の仕事。でも、少しは手伝わなければ悪いかな」という後ろめたさがある。お互いに中途半端ですっきりしない。家庭まで民主主義でやろうとする所に無理があるような気がする。

アメリカのように、まず民主的な家庭があって(?)、その上に民主主義の国が作られたのならそれでもいいが、日本の場合はその逆である。日本の家庭には日本の家庭に合った別の「家庭の哲学」のようなものがあってもいいと思う。しかし、別に「新しい家庭の哲学を作れ」と言っているわけではない。というのは、家庭の哲学は昔からそんなに変わっていないような気がするからである。要するに、それで家庭がうまく行けばいいのであって、古い新しいは関係がない。亭主関白でも、かかあ天下でも、二人がそれで良ければ別に問題はない。

男は昔から身勝手と言われていて、それは洋の東西を問わない。その良い例が箴言31章である。ここに掲げられた賢い妻の姿は、男がいかに虫のいいことを考えているかの反証である。賢い妻たる者は、まず、縫い物が上手でなければならない。そして、食料を手に入れ、誰よりも早く起き、食事の支度をして家の者に食べさせなければならない。良い畑を買い、それを耕すのも彼女の仕事である。また、儲け仕事にも抜け目なく、夜なべして稼ぐ。貧しい者に施しをし、家の者にも暖かい着物を着せてやる。自分の身の回りもこざっぱりと整え、夫は町の有力者として名誉ある地位が与えられる。賢い知恵といつくしみの言葉を語る。家事に熱心で怠ることがない。……こんな妻がいたらと思わない男がいるだろうか。しかし、残念ながらこんな妻はどこにもいない。箴言作者はそのことを良く分かっていたので、最初に「誰が賢い妻を見つけることができようか」と断ったのである。典型的な男社会であったイスラエルの箴言には、他にもそれらしい言葉が散見される。

賢い妻はその夫の冠である。

恥をこうむらせる妻は、夫の骨に生じた腐れのようなものである。（箴言12・4）
妻の争うのは、雨漏りの絶えないのにひとしい。
家と富とは先祖からうけつぐもの、
賢い妻は主から賜るものである。（箴言19・13〜14）

どんなに時代が変わっても、世の男性の理想の妻に対する思いは変わることがないと私は思う。同じようにまた、世の女性には「理想の夫」に対する思いがあるのではないだろうか。が、私は男だから詳しいことはよくわからない……。

家庭のきずな現実の家庭は、理想の夫・理想の妻でできているわけではないから、互いに不満があるのもやむを得ないところであり、その二人が作る家庭には常に崩壊の危険があるのも悲しい現実である。それは、民主的な家庭でも、封建的な家庭でも変わるところはない。家庭のきずなは、民主的であると封建的であるとを問わない。それらイデオロギーとは別のものが家庭のきずなとなっているのである。

## 理想的な家庭

一つの家庭には複数の人間がいる。複数の人間がいれば、その数だけの考え方がある。理想的に言えば全員が同じ考え方であれば一番いい。しかし、家庭というものはみんな立場がちがっているから、全員が同じというわけにはいかない。たとえ信仰が同じでも事情はあまり変わらない。家庭では立場の違いが優先するからである。夫婦の間に必要なのは権利の張り合いではなく、話し合いである。しかし、話し合いがすべてではない。話し合いがすべてを解決するとは限らないからである。話し合いが功を奏するためには、お互いの間に何らかの精神的つながりがなければならない。思いやり、同情、いたわり、悔い改め、あわれみ、……それが何であれ、お互いを結ぶきずながなければ、どんなに話し合ってもお互いに傷つけ合うだけである。

夫婦のきずな、それは何だろうか。お金？　法律？　信頼？　愛？　それともまだ他に？　夫婦のきずなとして愛の役割は何だろうか。「愛はすべてを結ぶ帯」だから夫婦のきずなとして大いに役立つはずなのだが……。人間の愛ほど当てにならないものはない。だから、夫婦の愛も当てにならないのである。愛は夫婦のきずなとしてはあまりにも心もとない。もっと確かなきずなはないものだろうか。

## 神が合わせたもの

夫婦のこと、家庭のことを考え続けてここまで来たが、ここでとうとう私の頭は完全に停止してしまった。夫婦の、そして家庭の、確かなきずなはどこにもない……。こんな時に限ってよく電話がかかってくる……。ピンチだ。しかし、神はほむべきかな、ちゃんと助け舟を贈ってくださった。

幸せの青い鳥を捜し回ったチルチルとミチルのように、わたしもあっちこっち捜し回ったあげくに、神のもとに帰って来て、そこで確かなものを発見した。ヤレヤレである。

「神が合わせられたものを、人がこれを離してはならない」。（マタイ19・6）

これこそ夫婦の確かなきずなである。結婚は神聖なものであり、それゆえ夫婦も家庭も神聖なものである。どうしてささいなことでこれを壊していいだろうか（かしこくない妻も主から賜るものである）。しかし、二人の男女を神が合わせてくださったという証拠はどこにもない。だからきずなは人それぞれというしかない（この項は筆者による加筆）。

【解説】野市教会で話したもので、無関係な所を一部削除した。

1980 年作

# 賢い妻

家と富とは先祖からうけつぐもの、賢い妻は主から賜るものである。（箴言19・14）

最近、「妻を語る」ことがちょっとしたブームになっていると小耳に挟んだ。こんなことは、かつてなかったことで、この国の男は自分の妻の話はしなかったものである。物書きの中には例外もあった。が、それでも極めて控えめで、恥ずかしげに触れる程度であった。母のことは過剰なほど語るのに、妻のことになると寡黙になる。自分のことを「拙者」、妻は「愚妻」、息子は「愚息」と謙遜する慣わしがある国だから、それもやむを得ないのかもしれない。その中にあって、先輩であるI氏は、よく亡くなられた奥様の話を書かれる。今月号にも、次のような文章があった。

「『女性は静かにして、すべて従順に』（Iテモテ2・11）という、この箇所を読む度に、いつも母と妻のことを想うのです。今となっては、二人とも『古いタイプの女性』でしょうが、よろず表に立たず、夫に仕える生涯を通じて自分の神に仕えようとした人でした。亡妻を想うとき、はたして神の前には、私が表で、妻が陰だったと言えるのかと考えることしばしばです。それほど妻は私の半身になりきって、主に仕えようとする私の支えとなり、静かに地上での働きを日々全うしたのです。彼女の生涯は、やはり平凡な一生でした。平凡とは、神の前に誇るべき装飾を一切わが身に帯びず、ひたすら神対人の中に埋もれて生かされることなのだと、しみじみ思う近頃です。先に、真の平凡が、神の非凡なのだと申しました、そのことです。」

## 賢い妻とは？

I氏の奥様についての文章に「愚妻」などという表現は全く見られない。かえって、当たり前のように、必ずほめて書かれており、氏の奥様に対する敬愛の念は行間に溢れんばかりである。氏にあっては、「妻を語る」ことは、日常生活の延長線上の出来事であって、特別のことではないという証明でもある。氏の奥様に対する敬愛の念の源はどこにあるのだろうか。それは箴言十九章にある。すなわち、「賢い妻は主から賜るもの」という信仰である。氏ご自身がしばしばここを引用されるので間違いはない。

手放しで、自分の妻をこう言えることは何と幸いなことであろうか。

そう言うお前はどうなのか、だって？ 結論を先に言えば、私の妻も『賢い妻』である。しかし、わたしには胸を張ってそう言えない事情がある。それは、『流れのほとりⅡ』の「理想の妻」という文の末尾に、あろうことか、「賢くない妻も主から賜るものである」と書いてしまった忌まわしい過去があるからである。断っておくが、「賢くない妻」とは私の妻のことではない。一般論で言っただけなのだ。

賢いとは思慮深いという意味である。I氏の奥様が思慮深い方であったことは確かである。それにテモテ書にあるように、慎み深く、常に夫を立て、静かにして万事につけ従順であられた。I氏が奥様のことを主から賜った賢い妻と言われるのも、もっともである。ところが、私の妻は奥様とは全く違ったタイプの女性で、奥様というより「前様」の方がぴったりくる。それでも、私の妻は、主から賜った賢い妻である。なぜなら、賢さは人それぞれだからである。

## 妻を語る

私の妻は私より優れたものをたくさんもっている。そのうちのいくつかは全く私にないものであり、どう逆立ちしても勝てないものもある。彼女はいろんなタラントに恵まれている上に、向上心や好奇心にあふれており、彼女がやっていることを聞けば、大抵の人が驚く。語学は、英語はいうに及ばず、フランス語、ドイツ語、イタリヤ語など手当たり次第で、韓国語、中国語と渡り歩いた末に、今はロシア語三昧。わたしは「どれも物にならない」と冷やかすが、内心は感心しきりである。語学だけではない。声楽に、和裁に、油絵に、水彩画に、染め物と、習いごとを切らしたことはほとんどない。そのほかに手話や点字もやっているのだから、どこにそんな時間があるのかとあきれてしまう。

こんなスーパーウーマンを妻に持って、私がさぞ困っていると思われるかもしれないが、さほどのことはない。何もしないでしょぼくれている妻を見るよりも、いつも溌剌と張り切っているほうが妻らしくて良い。それに、私が困るようなことはほとんどない。困るどころか、かえって役に立つし、楽しくもある。また、彼女は彼女なりに、私の妻として、私に十分に尽くしてくれている。

人には性格というものがあって、それは変えられないものである。もし、私の妻がI氏の奥様のように私に尽くそうとしたら、きっと挫折したに違いない。私も薩摩隼人の端くれだから、結婚当初はそのような妻を期待したものであったが、間もなく、その間違いに気づかされた。性格は人柄となり、その人らしさを作り出す。I氏の奥様は奥様らしくI氏に仕えたのであり、そうすることがI氏をして「賢い妻は主から賜るもの」と言わしめたのである。私の妻も、彼女らしくすることによって、私の賢い妻になったと言えるのではないだろうか。

## 理想の夫

大阪府の女性知事のご主人が、「太田の主人です」と挨拶して話題になった。「太田の夫」と言えばよかったのであろうか。立場を変えて、太田房江知事（二〇〇〇年より二期八年。）が、「太田の家内です」と言ったら、もっとおかしいことになる。なぜなら、知事が「家内」では格好がつかないからである。日本語は難しい。太田知事にとって、夫とは何なのであろうか。彼女が立てなければならないのは、夫ではなく、自分自身である。彼女は逆に夫に立てられる立場にあるのだから、「太田の主人です」が失笑を買ったのである。妻にとって夫とは何なのだろうか。パートナーという言い方がもある。これなら、夫婦の立場が社会的に逆転しても問題にならない。しかし、パートナーでは、夫と妻の立場の違いが出てこず、夫婦関係を表す言葉としては不十分である。

妻に「賢い」が付くのなら、夫には何がふさわしいのだろうか。聖書にあるのは、「夫は妻のかしらである」（エペソ5・23）だけである。妻に対するものが多い（箴言の最終章を見よ）だけに、片手落ちの感は免れない。もし、すべての夫が、「自分の妻を自分のからだのように愛する」（エペソ5・28）のであれば、それでもよいだろうが、実際にそうする夫は、ごく稀である。夫がどういう人間であれば妻たちは満足するのであろうか。頼りになる？　優しい強い？　生活力？　経済力？　これらは期待される夫像の一例である。私の場合はどうだろうかと考えてみたら、まずいことに、ほとんどすべてにおいて不合格と出た。頼りになるかどうかは自信がないし、妻に優しい言葉などかけたこともない。性格の弱さは見透かされている。生活力も経済力も彼女の方がはるかに上である。これでは、彼女の主人と呼ばれるのもおこがましい。だから、理想の夫の座は望むべくもない。

## すべては妻のおかげ

わが家に限らず、女性の社会進出には目覚しいものがある。わが家の世帯主は私であるし、私が園長で牧師である。妻は、配偶者にしてめぐみ園の専従者、そして牧師夫人と、常に影の存在である。

この「夫人」という言い方にも問題がある。「夫の人」とは、対等な人間関係とは言えないからである。これらは、実質を欠いた呼び名であると言わざるを得ない。このように、男性優位の世の中であるが、実際にこの世を支えているのは、世の女性（特に妻）たちである。私は園長で牧師で四人の息子の父親である。が、それはすべて妻のおかげである。もし彼女がいなければ、今までやってこれたかどうか、非常に疑わしい。園長でございます、牧師でございますと言っておれるのは、彼女の支えがあったればこそである。「父親でございます」については、もっと貢献度が高い。彼女が四人もの男の子を産み育ててくれなければ、私の父親としての座は無かったのだから。私が妻に逆立ちしても勝てないことの一つが、この、子を産むということである。私は父親にはなれても母親にはなれない。しかも、私が父親になれたのは一重《ひとえ》に彼女のおかげである。世の夫族は、この事実を忘れて、いかにも自分の力でそうなったかのように、父親でございといばっているのではないだろうか。

賢い妻が主からの賜物であるとすれば、賢い夫も主からの賜物である。なぜなら、賢い夫があるのは賢い妻のおかげであり、その妻は主から賜ったものだからである。人には性格と共に、得手不得手いうものがある。だから、妻の賢さが人それぞれであったように、夫の賢さも人それぞれであってよいのではないだろうか。

Ｉ氏のように、料理がからっきし駄目な男性に、男の料理を期待することには無理がある。仮にＩ氏が料理に目覚めて、「男子厨房に入る」に挑戦されたとしても、奥様は喜ばれなかったに違いない。なぜなら、それは奥様の望まれた夫ではなかったはずだから。

対して、かつては料理人を目指したことがある私の場合は、自ら好んで厨房に入る夫は、妻にとっては望むところであり、渡りに船であったはずである。夫婦は相身互い、助け合いこそ必要であるが、けなしあったり、貶《おとし》めあったりしてはならない。かえって、高めあい、支えあわなければならない。そうして初めて、賢い妻、賢い夫となれるのではないだろうか。妻はこうでなければならない、夫はこうでなければならないというきまりがあるわけではない。あるのは、互いに相手を、主から賜った妻であり夫であるとする信仰だけである。

（二〇〇〇・三・十九）

# 父の葬式

義父の葬式に列席した。葬儀場は、「シティホール明石ベルコ会館」。日曜日の夕刻の通夜に間に合わせるために野市教会の礼拝を早めに終えて出発。岡山の四男を拾って、一路明石へ。三男は都合で行けなかったが、次男は藤井寺から電車で駆けつける手筈。葬儀場には、彼らの従兄弟たちも来ていて、初対面という顔合わせもあった。家族が集まるのは滅多にないが、妻の親族が集まるのは今度が最後であろう。

## 親族代表の挨拶

告別式の朝、下の義姉のご主人に呼ばれて行くと、「昼食の時、親族を代表して、親父をしのんで何か話してくれ」とのこと。思いがけないことであったが、何か役に立ちたいと思っていたので、二つ返事で引き受けた。そもそも、私が義父の葬式のとき、親族代表で挨拶するなどということは、少し前までは考えられないことであった。義姉たちが私の文章を読んでくれるようになったのは、つい最近のことである。それがどうしてこうなったかと言うと、先週の「私の遺産」の義父についての文を読んで、私が適任だと思ったらしいのだ。以下は、その時の話。

「私は上田英夫の三女ますみの夫です。訃報を聞いたとき、わたしがお父さんの年を尋ねると、『九十歳』と答えました。『でも……』と彼女は言葉を続けました。『……いくら長生きしても、子供としては、もっと長生きしてほしかった』と。その気持ちは他の人たちも同じだと思います。ですから、親族代表の挨拶も胸が一杯で声にならないと思います。その点私は肉親ではありませんので、冷静に話ができるということで、この役を引き受けさせて戴きました。

お父さんは、明治四三年生まれですから、明治、大正、昭和、平成と、四代の天皇の世を生きて来られました。結婚して四人の子をもうけられました。しかし、昭和三六年にお母さんが亡くなりました。ですから、私はお母さんを知りません。それから、四十数年、お父さんはずっと独りで生きて来られました。私が『なぜお父さんは再婚しなかったのか』とますみに尋ねますと、『父は、お前たちに苦労をかけたくないからと言った』とのことでした。私は、お父さんの《子供たちに苦労をかけたくない》という思いは、最後まで貫かれたと思います。

と申しますのは、お父さんは、葬式代以外は何も残されなかったからです。

お父さんは、事情があって、野市で三年間過ごしてくださいました。今になって思えば懐かしい思い出です。その間、野市教会の集会にも参加されました。最後に、お父さんがお好きだった讃美歌三五九番を、私は音痴ですから、歌詞だけを紹介します。

夕日《ゆうひ》はかくれて　道なお遠し、
行末《ゆくすえ》いかにと　思いぞわずらぅ。
わが主よ今宵も　側方《かたえ》にまして、
淋しきこの身を　はぐくみ給え。

## 服部家音楽のルーツ

私の挨拶が終ってすぐ、年配の方が「はい」と手を挙げ、「少し話しを」と申し出られた。妻が「鹿島先生」と呼ぶ親族である。彼は母方の親戚であるが、中学校の音楽の先生をしておられたという。ますみの兄弟姉妹はすべて彼の教え子で、上田家とは縁が深い。その先生がその後、私の所に来て、讃美歌の歌詞が気に入ったから、メロディーを知りたいと言ってこられた。教えているコーラスグループで歌いたいのだそうだ。このように、思いがけないことが次々に起こって、私は、少しは主の栄光を輝かせることができたと嬉しかった。

　私の妻は、中学生のとき、この鹿島先生にピアノの手ほどきをされて、音楽の道に進んだ。だから、先生は、服部家の音楽のルーツである。話によれば、彼女は熱心にピアノを練習したが、楽譜も買ってもらえなかったので、友達のを借りたり、書き写したりして弾いていた。それを先生が見かねて、お母さんに「真面目に練習しているから楽譜ぐらい買ってやれ」と進言してくださったのだという。

　もし、鹿島先生の存在がなければ、服部家の音楽は、もっともっと貧弱なものになっていたことであろう。それどころか、もしかしたら、わたしは妻と結婚していなかったかもしれない。なぜなら、私が彼女と結婚した理由の一つが、ピアノを弾けるということだったからである。

## 死人を葬ることは死人に任せよ

　イエスは「まず父を葬りに行かせてください」と言った人に対して、「その死人を葬ることは死人に任せておくがよい」と言われた。私は今までこの意味を計りかねていた。しかし、義父の葬式に参列して、その意味が少しわかったような気がする。「人は生きてきたようにしか死ねない」と言った人がいる。しかし、私はこう言いたい。「人は生きてきたように死ぬ」と。生きてきたように死ぬとは、その人らしく死ぬということである。死は生の総決算なのだから、それも当然である。葬りは死のほんの一部分に過ぎないのであって、遺された者が死人のためになすべきことは多くはない。「死人を葬ることは死人に任せよ」とは、そのような意味なのではないだろうか。義父の簡素な葬式に参列してそう思った。先のイエスの言葉には続きがある。

「あなたは、出て行って神の国を告げひろめなさい」。（ルカ9・60）

遺された者のなすべきことは、各自に与えられた使命、また分を果たすことである。義父の四人の子供たちは、それぞれの仕事を立派に果たすことが、すなわち、彼らの分であり、彼らのなすべきことである。だから、葬式が終っても彼らの子供としての果たすべき責任は終ってはいない。なぜなら、子として与えられた命をまっとうすることこそ、義父の願いだったと思うから。

父を葬ることが大切なのではない。父の遺志を大事にすることが大切なのである。どのように死ぬかは、その人自身に任せるほかはないのだから、私たちは、自分のなすべきことをなすだけである。私はその結果として、義父の葬式で「神の国を告げひろめる」ことが許された。神のなさることは素晴らしい。ハレルヤ。

（二〇〇一・一・二八）

【解説】『若い日に』に、「賢い妻」に並んで、その次に所蔵されている。実を言うと、本編は編集の最初の段階では候補に入っていなかった。が、「賢い妻」の次に掲載されていたために目に付き、掲載することになったもの。内容を読むと、傍点部分など妻の生き方と死に方が凝縮されているようで、身につまされた。ついでに、妻の書のルーツは、彼女の（小野市）黒川のおじいちゃんにあったようで、幼い頃の記憶としておじいちゃんが書いたというふすまの漢詩が頭にこびりついてるとよく言っていたものである。

# キリストのからだ

実際、からだは一つの肢体だけではなく、多くのものからできている。……目は手にむかって、「おまえはいらない」とは言えず、また頭は足にむかって、「おまえはいらない」とも言えない。そうではなく、むしろ、からだのうちで**他よりも弱く見える肢体が**、**かえって必要**なのであり、からだのうちで、他よりも見劣りがすると思えるところに、ものを着せていっそう見よくする。麗しくない部分はいっそう麗しくするが、麗しい部分はそうする必要がない。神は劣っている部分をいっそう見よくして、からだに調和をお与えになったのである。それは、からだの中に分裂がなく、それぞれの肢体が互にいたわり合うためなのである。もし一つの肢体が悩めば、ほかの肢体もみな共に悩み、一つの肢体が尊ばれると、ほかの肢体もみな共に喜ぶ。**あなたがたはキリストのからだであり、ひとりびとりはその肢体である。**（コリント人への第一の手紙12・14〜27）

## 「共に悩み、共に喜ぶ」

キリストのからだなる教会とは何か？　私のこの疑問がなぜ出てきたのかを、突き詰めてみた。すると、「あなたがたはキリストのからだであり、ひとりびとりはその肢体である」というパウロの言葉に強く共感し、また深く感動しながらも、「もし一つの肢体が悩めば、ほかの肢体も悩み、一つの肢体が尊ばれるとほかの肢体も共に喜ぶ」という部分で現実との違いを発見して、これは理想論であり、現実とは違うという思いを払拭できないところに、その要因があるのではないかと思うに至った。同じからだの中で、「一つの肢体が悩めば、ほかの肢体も悩む」ということは良くわかる。右足を傷めたら、その傷めた右足をかばおうとして左足まで痛くなるようなことは、よくあることである。

また、体のどこかに具合が悪いところがあれば、頭の回転にも影響して、文章が書けなくなるというようなことは私自身よく経験するところである。が、それは文字通り同じ一つの体であるからこそである。多くの人の集まりである「キリストのからだなる教会」は、一つとはとても言い難く、一つの肢体が悩んでも、他の肢体が悩むことなど現実にはほとんどない。確かに、「共に悩み、共に喜ぶ」と口では言うが、実際には、同情はしても具体的な痛みは感じないのが現実なのではないだろうか。

パウロはエペソ書で、「わたしたちはキリストのからだの肢体なのである」と言い、その上で、『それゆえに、人は父母を離れてその妻と結ばれ、ふたりの者は一体となるべきである』。この奥義は大きい。それはキリストと教会とをさしている」と言っている。

さて、夫婦は本当に一体なのであろうか。パウロが述べているのは、夫婦が一体であるという事実ではない。現実には、一体であると言える夫婦は存在しないと言っても過言ではない。一体でないからこそ、「一体となるべきである」と彼は言ったのだと私は思うのである。夫婦は基本的に他人である。だから、厳密な意味で一体になることは不可能である。まず、持っている胃袋も違うし、神経系統も別々である。従って、妻の飢え渇きや痛みを、夫は同じように感じることができない。妻もまた同様である。

それでも、「共に悩み、共に喜ぶ」ことはできると、人は言うかもしれない。確かに、一心同体と言えるような理想的な夫婦はいるかもしれない。が、その場合でも、その悩みや喜びの内容は決して同じではないと思う。なぜなら、同じことについて悩んでいても、男と女では、悩みの質が微妙に違っているからである。それよりも何よりも、一つのからだではないという事実は絶対である。すなわち、二人が他人であるという事実は、どんな夫婦愛でも乗り越えることが出来ない高い壁となって、一体化を妨げているのである。

例えば、妻がお腹が痛いと訴えると、夫は自分の経験に照らして、その痛みを想像してその痛みを共感しようとする。その場合、夫の想像が実際の妻の痛みとは違うものである可能性が高いが、仮にそれが同じであったとしても、実際に痛みを感じるわけではない。妻がどんなに苦しんでいても、自分は何も感じないことが多いのである。そして、腹痛のために妻の食欲が減退し、何も食べられなくなっても、夫の食欲は健在であり続けるのが普通である。それで、夫の愛が疑われるとすれば、逆に酷というものである。子宮を持っている女性は「産みの苦しみ」を実際に体験することができる。が、子宮を持たない男性は産みの苦しみがどのようなものであるかを想像するしかない。パウロは「被造物全体が……産みの苦しみを続けている」（ローマ8・22）と言っているが、彼の考えている「産みの苦しみ」は、実際の話、女性たちが経験している苦しみとかけ離れているかもしれないのである。

それと同じことは、悩みや喜びの場合にも起こる。例えば、夫婦のうちどちらかが病気になったと仮定しよう。すると、当然病気が二人の共通の悩みとなる。そして、その病気が深刻であればあるほど、悩みも深刻なものとなることは目に見えている。その場合、二人は「共に悩んでいる」わけである。また、病気が治れば、二人とも悩みが解消し、共に喜ぶことになる。ここには、「共に悩み、共に喜ぶ」夫婦の姿があり、夫婦は一体であるかのように見える。が、実際には、とても一体とは言えないのが人間の実相である。なぜなら、病気の悩みは、両者に共通ではあっても、内容は全く違うからである。方や病気による直接の影響（痛みなど）で悩み、他は病気の間接の影響が自分に及んでいることで悩んでいるからである。

病気が治り、悩みが解消された喜びの場合も同様のことが言える。すなわち、方や病苦から開放されたことを喜び、一方は苦しんでいる相手を見る辛さから解放され、また自分にかかっていた負担の軽減を喜んでいるのである。パウロはそのような意味で、「ふたりは一体となるべきである」とか、「あなたがたはキリストのからだであり、ひとりびとりはその肢体である」と言ったわけではないと思う。では、彼が言いたかったことはいったい何だったのであろうか。

すべてこれらのものは、一つの同じ御霊の働きであって、御霊は思いのままに、それらを各自に分け与えられるのである。からだが一つであっても肢体は多くあり、また、からだのすべての肢体が多くあっても、からだは一つであるように、キリストの場合も同様である。なぜなら、わたしたちは皆、ユダヤ人もギリシヤ人も、奴隷も自由人も、一つの御霊によって、一つのからだとなるようにバプテスマを受け、そして皆一つの御霊を飲んだからである。（Ⅰコリント12・11〜13）

14節から27節までに記されていることは、一つのからだに属する肢体であるなら、ごく自然にできることである。パウロは、そのことを言いたかったのではないだろうか。コリントの教会で実際に行われていたことは、これとはマッタク正反対のことであった。すなわち、コリントの教会は一つのからだどころか、「聖霊の賜物」のことで幾つにも分派ができていた。異言を語る者、預言や癒しの賜物がある者、奇跡を行う者などが現れ、賜物を競いあっていて、キリストのからだが幾つもの部分にひきさかれているかのような状態であった。そこで、福音信仰の初心に帰り、彼らがどのようにしてキリストのからだとされたのかをコリントの人々に思い起こさせようとしたのである。

一つのからだに属する肢体は、一つの命を持っている。換言すれば、一つの命で生きている肢体の集まりが「一つのからだ」である。命には二種がある。すなわち、肉の命と霊の命である。パウロがここで言っていることは、もちろん霊（の命）についてである。霊とは聖霊であり、復活のキリストのことである。キリストで生きている人々の集まり、それがエクレシアである。すなわち、私たちは皆、ユダヤ人もギリシヤ人も奴隷も自由人も、一つの御霊によって、一つのからだとなるように「(聖霊) 浸し＝バプテスマ」を受け、皆一つの御霊を飲んで生きているのである。もし、本当にキリストで生きているのなら、私たちはキリストのからだであり、ひとりびとりはその肢体なのである。まず、エン・クリストオをこの身に実現することから始めようではないかと、パウロは言いたかったのではないだろうか。

（二〇一一・十一・六）

【解説】この時期は、一時的回復期にあたっていた。だから未だ私にも「夫婦は本当に一体なのか？」というような贅沢な疑問について考える余裕があったようである。

## キリストを知る人・知らない人

ペテロは外で中庭にすわっていた。するとひとりの女中が彼のところにきて、「あなたもあのガリラヤ人イエスと一緒だった」と言った。するとペテロは、みんなの前でそれを打ち消して言った、「あなたが何を言っているのか、わからない」。そう言って入口の方に出て行くと、ほかの女中が彼を見て、そこにいる人々にむかって、「この人はナザレ人イエスと一緒だった」と言った。そこで彼は再びそれを打ち消して、「そんな人は知らない」と誓って言った。しばらくして、そこに立っていた人々が近寄ってきて、ペテロに言った、「確かにあなたも彼らの仲間だ。言葉づかいであなたのことがわかる」。彼は「その人のことは何も知らない」と言って、激しく誓いはじめた。するとすぐ鶏が鳴いた。ペテロは「鶏が鳴く前に、三度わたしを知らないと言うであろう」と言われたイエスの言葉を思い出し、外に出て激しく泣いた。（マタイによる福音書26・69～75）

人を知るということは簡単なようでありながら、なかなか難しいことである。なぜそのようなことを言うのかというと、知っているのは、ほんの一部分であって、とても「知っている」とは言えないことが多いからである。たとえば、長年連れ添った妻のことでも、知らないことは沢山ある。これは最近になって痛感していることで、自分の迂闊さに、半ばあきれているところである。ところで、いちばん近くにいるのは己自身であるが、己を知るということもまた簡単なことではない。自分のことは自分がいちばん良くわかっていると思う一方で、自分のことがいちばんわかっていないのも自分なのではないかと思うことがある。そういうわけで、キリストについて自分は何を知っているのか、また何を知らないのかということを検証してみようと思う。

## 祈るキリスト

イエスと共に生活していた弟子たちの目に映ったイエスの姿は如何なるものであったであろうか。また、その結果、彼らはイエスの何を知ることができたのであろうか。

弟子たちの知るイエスは、まず権威ある者のように教える人であり、次に、しるしや奇跡を行う人、そして最後に、ひとり退いて祈る人であった。当時、イエスの周りには多くの人々がいた。が、それらの人々の知るキリストは、教える人であり、奇跡を行う人であって、祈るキリストを知っているのは彼の主だった弟子たちだけであったと思われる。彼らは祈るキリストは知っていたかもしれない。が、祈りの内容やキリストの思いについては、どれほど知っていたのだろうか。マタイが伝える情報は、ほんのわずかである。

そして群衆を解散させてから、祈るためひそかに山へ登られた。

夕方になっても、ただひとりそこにおられた。（マタイ14・23）

ここには、祈りについての何の情報もなく、ただ、祈るためにひそかに山に登り、夕方までひとりそこにおられたということだけが記されている。祈りの内容やイエスの気持ちがわかるのは、いわゆる「ゲツセマネの祈り」だけである。

それから、イエスは彼らと一緒に、ゲツセマネという所へ行かれた。そして弟子たちに言われた、「わたしが向こうへ行って祈っている間、ここにすわっていなさい」。そしてペテロとゼベダイの子ふたりとを連れて行かれたが、悲しみを催しまた悩みはじめられた。そのとき、彼らに言われた、「わたしは悲しみのあまり死ぬほどである。ここに待っていて、わたしと一緒に目をさましていなさい」。そして少し進んで行き、うつぶしになり、祈って言われた、「わが父よ、もしできることでしたらどうか、この杯をわたしから過ぎ去らせてください。しかし、わたしの思いのままにではなく、みこころのままになさってください」。（マタイ26・36〜39）

ここで名が挙げられているペテロは、イエスの第一の弟子とされた人物である。従って彼は、イエスを知る第一の人物でもあったわけである。ところが、その彼が、その夜のうちに、「イエスを知らない」と言ってしまうのだから、世の中はわからないものである。

ペテロが、祈るキリストを具体的に知ったのは、このときが初めてであっただろうから、彼の心の動揺は無理からぬことであったと思う。思うに、彼の知っていたキリストは、教える人であり、奇跡を行う人であったのだから、そのイエス・キリストが大祭司の手の者に捕らわれ、取調べを受けている様を見るのは、信じられないことであったに相違ない。その彼が、「あなたも……イエスと一緒だった」と二度までも言われたのだから、思わず「そんな人は知らない」と言ってしまったとしても不思議ではない。実際に、彼の頭の中のイエスは、権威あるもののように堂々と教える人であり、すばらしい奇跡を行う人であって、このような場所で、大祭司の取り調べをうけるような人ではなかったのだから、彼が「そんな人は知らない」と言ってしまったのも、気持ちはよくわかるような気がするのである。

このように、多くの人々が知っているのは、「祈るキリスト」ではない。もし、そうであったとしても、その祈る人としてのキリストは、彼の教えのように、理想的な祈りをするキリストであって、決して「悲しみのあまり死ぬほどである」と取り乱したり、悩み苦しみ、その苦痛を逃れようとして「この杯をわたしから過ぎさらせてください」と、なりふり構わず祈ったりして、あわれな姿をさらすようなキリストではないはずである。

私はペテロを擁護しようとして言っているのではない。確かに彼のしたことは感心したことではない。そのことは彼自身がいちばんよくわかっていたことである。その証拠に、彼はその場を逃れた後、『鶏が鳴く前に、三度わたしを知らないと言うであろう』と言われたイエスの言葉を思い出し、外に出て激しく泣いた」（マタイ26・75）のである。

## 祈りは叫び

彼の失敗の原因が何処にあったかというと、それは、祈るキリストを、本当の意味で知らなかったことにあると思う。もし知っていたなら、キリストが捕らえられたとき、キリストの弟子として自分が何をなすべきかをも知っていたはずだからである。すなわち、彼は、キリストがなさったように、自分の悲痛な思いをそのまま神に申し上げるべきだったのである。その上で、「しかし、わたしの思いのままにではなく、みこころのままになさってください」と祈るべきだったのである。

さて、全てを父なる神に委ねたイエスは、以後、坂道を転がり落ちるように破局に向って突き進んで行かれた。断末魔の叫びが「エリ、エリ、レマ、サバクタニ」であった。その意味は「わが神、わが神、どうしてわたしをお見捨てになったのですか」（マタイ27・46）であるという。かつて私は祈りについて次のように書き送ったことがある。「祈りは心です。生き方です。生活です。あなたが主に助けを求めたときの叫びです。うめきです。」

最近、その送り先から手紙が届いた。

「〜これは、先生に出会った頃に教えをいただいたことばです。が、私は、その祈りの本質を今日のきょうまで履き違えて見失っていました。この獄舎で独り、単独で祈る孤独感に打ち倒されていたのです。だから心が挫けて弱った私はXさんの件をZ牧師に依頼し託したのです。でも、これは、体裁を繕った愚かな私の詭弁《きべん》でした。独りの祈りに否定的な肉の感情を抱いて投げ出したのです。心砕いて、深く悔い改めました。——単独であろうと、複数であろうと、エン・クリストオの者としての本分、態度は、主を信じて信頼し、わたしの願いではなく、みこころのとおりにしてください（ルカ22・42）と、主に全てを委ねることです。主のみこころにかなえば、道は開かれるのです〜」（詳細は『塀の中のキリスト　エン・クリストオの者への道』ヨベル、2015年をご参照ください。）

祈りは魂の叫びである。それゆえ、我儘《わがまま》な祈り、八つ当たりの祈り、自棄の祈りに陥りやすい。が、それこそが祈りの本質であり、本分であるのだから、真に求めることを神に申し上げることをためらう必要は何処にもない。私たちが主に信頼するのは、主が必ず私たちの願い（祈り）を聞いてくださるからではなく、主は私たちの真の必要をご存知であり、必ず益に導いてくださること知っているからである。だから、自分の思いのたけを主にぶつけることをした後に、主に全てを委ねることができるのである。主に委ねることをしない祈りは信頼のない祈りである。どうして主はそのような祈りを聞いてくださるだろうか。「信頼がなくては神に喜ばれることはできない」（ヘブル11・6）のである。祈りは人数ではない。信頼である。主に信頼する者にとって、祈るのが単独であるか、複数であるかは問題ではない。「全てを主に委ねること、主のみこころにかなえば、道は開かれる」、これは至言である。

私たちは、私たちの罪のために死んでくださった十字架のキリストを知っている。死人の中から三日目によみがえられた復活のキリストを知っている。私たちの内にある内在のキリストを知っている。しかし、もしゲッセマネで血の汗を流して祈られたキリストを知らないとすれば、それはキリストを知らないのと同じである。キリストを知る人とキリストを知らない人は、この私の中に同居しているのではないだろうか。

（二〇一二・一・十五）

**【解説】** この時期、病状が悪化し、「祈りとは何か」について考えることが多くなった。多くの人に知らせ、祈って戴くことも考えたが、病気のことは妻の意思を尊重して一部の方々だけに知らせた。

# エン・クリストオの祈り

それだけではなく、御霊《みたま》の最初の実を持っているわたしたち自身も、心の内でうめきながら、子たる身分を授けられること、すなわち、からだのあがなわれることを待ち望んでいる。わたしたちは、この望みによって救われているのである。しかし、目に見える望みは望みではない。なぜなら、現に見ている事を、どうして、なお望む人があろうか。もし、わたしたちが見ないことを望むなら、わたしたちは忍耐して、それを待ち望むのである。御霊もまた同じように、弱いわたしを助けて下さる。なぜなら、わたしたちはどう祈ったらよいかわからないが、御霊みずから、言葉にあらわせない切なるうめきをもって、わたしたちのためにとりなして下さるからである。（ローマ人への手紙8・23～26）

エン・クリストオの祈りとは、キリストにある者の祈りであると共に、キリストにあっての祈りのことである。なぜ祈りに「エン・クリストオ」を付けたかというと、ただ漫然と祈っているだけでは、エン・クリストオの者の祈りとは言えないのではないかという疑問が芽生えたからである。これは、祈っているのは確かに自分であるが、肉の自分が祈っているのではなく、内在のキリストが自分に代わって祈ってくださる。それが本当のエン・クリストオの者の祈りではないのかという反省に基づく疑問である。「反省に基づく」と言ったのは、キリストが祈ってくださっているという意識が、今まではほとんどなかったからである。すなわち、エン・クリストオと口では言いながら、実際の祈りは、肉の自分の肉の思いを前面に出して祈っていたように思うのである。

## 最近のメールから

久し振りに、最近の（野市発明石行き）メールから引用する。

～主よ、なぜですか？　主よ、いつまでですか？　何故この時ですか？　などの言葉も頭をかすめますが、それよりも重いものを、ずうっと、言葉にならないうめきのような思いを感じてきました。そして今、そのため息ともうめきともつかない祈りが自分の口から出てはいても、実は内在の聖霊のとりなしで、わが内で生きておられるキリストから発せられるうめきであることに気づかされ、感謝しているところです。

ローマ書8章36節の「御霊もまた同じように」という箇所は、23節の「御霊の最初の実を持っているわたしたち自身も、心の内でうめきながら、子たる身分を授けられること、すなわち、からだのあがなわれることを待ち望んでいる」を受けています。すなわち、御霊も私たちと同じように（弱いわたしたちを助けるために）、うめいているというのです。私たちの言葉にならないうめきのような祈りを、聖霊が私たちの代わりにうめいているというのです。どのように助けるかというと、自らうめくことをもって（代わって）、とりなしてくださるのです。「とりなす」にも「助ける」にも「代わる」という意味の接頭辞がついています。キリストが我が内にあって生きるとは、わたしたちに代わって生きてくださるということであり、それは、祈りも例外ではないということです。換言すれば、内在のキリストが私たちに代わって苦悶し、うめき、声にならないうめきを発してくださっているのだというのです。病を知っていた苦難の僕であるキリストが私たちの中にあって生きておられるということは、そのような意味なのではないでしょうか？　キリストは、すべてのエン・クリストオの者の中に生きておられ、それらの人の代わりに、病を背負っておられるのだと思います。

## 祈りとは何か？

信仰者にとって祈りとは何であろうか。この問いを真剣に考えるきっかけとなったのは、次の文章である。

「落ち着いて、上手に、美しく立派な言葉で祈れる時は、さほどに祈りが必要であるという差し迫った状況下にはないのです。いざ本当の危機に遭遇し、祈りなくしてはとても切り抜けられないどどたん場に差し掛かると、私たちはその危機が何であるのか、それがまるで分かっていないために、もう言葉に出してチャンと祈ることなどとても出来ません。」（飯島正久著『ローマ書の研究』254頁下段、牧歌社、1992年）

「落ち着いて、上手に、美しく立派な言葉で祈れる時」には、日常の祈りができる。が、本当の危機においては、チャンと祈ることができないという指摘は正しい。そのことをもう一人の先輩がその著書において次のように証しされている。

「こんなことを告白するのは非常に恥かしいのですが、病気の回復がはかばかしくなかったり、事態が全く行き詰りのように見えた時に、私は妻にこんなことを言って頼むことがありました。何年も前のことですけれど……。『済まんけど、お前代わりに祈ってくれへんか？僕の祈りは、今はアカン。利けへん。頼む、お前祈ってくれ』。そんな時に、妻はよくこう答えたものです。『何アホなことを言うてんの？　ウチの祈りなんか余計アカンやんか。あんたのんが利くんやないの。』実はこれは両方とも間違っておるわけです。第一、どんな祈りが『利く』とか『利かない』とか、呪文の魔力みたいに考える事自体が不信仰で、祈りとは何かを取り違えております。」（同200頁上段）

私自身は、このような祈りを「不信仰」と決め付けることには賛成できない。というのは、祈りを「利く・利かない」の次元で考えるのが間違いであるということは言えるにしても、そのような考えが出てくるのも信仰があるからこそであり、本当に信仰がないのであれば、そのような発想は出てこないはずだからである。だいいち、この会話を交わした頃のご夫妻に信仰がなかったと誰が思うだろうか。

では、織田氏自身は、祈りをどのように考えておられたのであろうか。

「本当は、聖霊は実にそんな時のために、あなたや私の中に座を占めていてくださって、祈る人自身どうしてよいかわからぬ混乱の時にも『直接手を貸して、無力な私たちを助けてくださる』のです。しかも、私たちのその瞬間の祈りの態度や言葉が、自分の混乱の故に『なっていない』ような場合でも、それを父なる神のお心に添うように波長を変え、変調もして、正しく天に届けてくださるというのであります。何という有り難いことでありましょう。」（織田昭著『ローマ書の福音』200頁下段、教友社、2007年）

これが彼のローマ書8章26節の解釈である。が、私自身の解釈は少し違っている。その違いとは、聖霊の具体的な働きに関するものである。

## 内在の聖霊は何をしてくれるのか？

御霊がしてくれることは二つである。一つは、弱い私たちを「助けること」であり、もう一つは、どう祈ってよいかわからない私たちのために祈りを神に「とりなすこと」である。が、パウロが真に言いたかったことは、単に助けたり、とりなしたりすることではなく、それ以上のことをすることだったように私は思うのである。私の考えを支えてくれるのが、「うめき」である。実は、ローマ書8章後半の隠れた主題がこの「うめき」なのである。

最初に出てくるのは「被造物たちのうめき」（22節）である。そして、「御霊の最初の実を持っているわたしたち自身も、心の内でうめきながら……からだのあがなわれることを待ち望んでいる」（23節）のである。26節の「うめき」は、これらのうめきを受けた形で記述されている。それを示しているのが「同じように」という意味の副詞である。

結論を先に言うと、「私たちのために、聖霊もまた、うめいてくださっている。」これが、パウロの言いたかったことだったのではないだろうか。すなわち、弱い私たちを助け、何と祈ってよいのかわからずにうめいている私たちの祈りを神にとりなすために聖霊がしてくださっていることは、(私たちに) なり代わって「助ける」ことであり、祈りを「とりなす」ことである。その具体的な行動が「うめく」ことである。現に今、聖霊が、いやキリストが私たちの中でうめいていてくださる。これがローマ書8章に込められたパウロのメッセージだったのではないだろうか。

パウロは、「(自分は)死んだ。もはや生きているのは自分ではない。キリストが我が内にあって生きておられる」と言った。私たちは、その言葉を文字通りに受け取り、エン・クリストオの者となったのである。すなわち、キリストがわが内で生きているのがエン・クリストオの者である。では、生きているとは如何なることであるか。それは、生活しているということである。朝には目覚め、食事をし、歩き、考え、仕事をし、人を愛し、交わり、会話をし、慰め、励まし、泣き、笑い、悲しみ、うめき、祈り、感謝し、苦しみ、喜び、夜になると疲れて休む。それが生きるということである。キリストはただ精神的支えとして、私たちの内に生きておられるのではない。

もし、そうであるなら、それは生きているとは名ばかりで、死んだ信仰であると言わなければならない。全ての人を罪から贖うためにキリストは十字架に付いてくださった。そして、助け主として聖霊を下し、ついには自ら内在のキリストとして、エン・クリストオの者の中に生きておられるのである。そして、被造物がうめき、そしてまた、私たちがうめいているように、聖霊もまた、私たちを代わって助けるため、またとりなすために、うめいているとパウロは言う。ということは、キリストの贖いの業は、まだ続いているのである。病の床にある主にある友人たちの、うめきに近い祈りの中にはキリストのうめきも含まれていると私は信じる。

（二〇一二・二・五）

【解説】「エン・クリストオ」とは、「キリストにあって」という意味であるが、それは、心の中にキリストがいるというような精神的な意味ではなく、実際にキリストがわが内にあって生きていてくださるという意味である。

# 人生はA《アルパ》とΩ《オメガ》の間

わたしはアルパであり、オメガである。

最初の者であり、最後の者である。初めであり、終りである。（ヨハネの黙示録22・13）

「最後の運動会」に始まって、「最後」と銘打った行事が続いたが、とうとう本当に最後となる「最後の卒園式」を明日に控えて（二〇一二年三月九日夜）、改めて過ぎ去った「めぐみ園」の三五年を振り返ってみた。園の前進は、妻の音楽教室であった。入園期を間近に迎えた教室の母親たちの中から「幼稚園を始めてもらいたい」という声が上がり、それに応える形で始まったのが「めぐみ園」であるが、それはきっかけに過ぎない。実際に園を始めることが出来たのは、妻の祈りが神に聞き届けられたからであると、私は信じている。すなわち、園を始めたのは神であって、私たちではない。あれから三五年、とうとう閉園の時を迎えた。

園児四人のうち、三人が卒園すると、残るのは一人である。新入園児の見込みもないとなれば、閉園も当然であるが、私たちが踏ん切りをつけたのは、ある出来事から、それが神の意志であると感じたからである。神が始めたのだから、神が終わりにされる。これまた当然である。

## 「すべてのわざには時がある」

伝道の書に、「すべてのことには季節があり、すべてのわざには時がある」（伝道の書3・1）とある。このあとに「生るるに時があり、死ぬるに時がある……」と続いているが、私の今の気持ちを言わせてもらえば、「（園を）始めるに時があり、終るに時がある」という気分である。すべてのこと（自然営み）には季節がある。それと同じように「すべてのわざ」にも時がある。季節の演出者は神であるが、「わざ」を成すのは人である。

めぐみ園の三五年は確かに私たちのわざであったかもしれないが、始めたのは私たちではなく、神である。そのわざを終らせたのも神である。と、私は思うのである。神が始めさせてくださったのであるから、神がやめさせてくださるのは当然である。

## 神の時と人の時

常識的に考えれば、時間に神の時とか人の時とかの区別はない。が、私の個人的見解によれば、はっきりとした区別がある。時間は一定の速度で連続して流れている。それゆえ、時間といっても、間隙や停滞などはない。また区切りや目印などがあるわけでもない。が、あえて時間を分けて考えるとするなら、現在・過去・未来に分けることができる。この三つを神と人に割り振ると、過去と未来は神に属し、現在だけが人に属すると考えることができる。ただし、この場合の「人」とは、自分自身のことである。すなわち、私の過去とは、私をこの世に生み出す前の時間であり、私の未来とは私の死後の時間である。私の現在とは、私の生きた時間、すなわち私の生涯のことである。過去と未来は神に属すると言ったが、それは私の現在に無関係であるという意味ではない。神は、アブラハムの神、イサクの神、ヤコブの神であり、常に存在する永遠の神であるのだから、現在・過去・未来という区別そのものが無意味なのである。では、なぜ現在だけが人に属すると言ったのか。

それは、人が（神と違って）自分の現在（生きている間）だけにかかわることができるからである。

## アルパとオメガ

主なる神は、ご自分を「アルパであり、オメガである」とヨハネに啓示された。それは、「最初の者（初め）であり、最後の者（終わり）である」という意味である。これは、ご存知のように、アルパがギリシア語アルファベットの最初の文字であり、オメガが最後の文字であることに由来している。が、神がご自分を、「最初と最後」としてだけ啓示された意図は何処にあるのであろうか。アルパとオメガの間にある二三文字についての言及がないのは、どういうわけなのであろうか。ヨハネの黙示録は、パトモス島に流されたヨハネに臨んだ黙示の言葉である。黙示とは、覆われた預言（啓示）というような意味である。覆われているのであるから、その意味するところはナゾに満ちている。実際、この書に書かれていることを理解するのは極めて困難である。中でも、千年王国や再臨の時などについて正しく理解することは至難の業と言わなければならない。実際、多くの人々が、キリストの再臨や千年王国がいつ何処に出現するかを、この書から読み解こうとして苦心してきた。そして、いつ何処でそれが起きるかを特定して、そこでキリストの再臨を待ったという出来事は、史上しばしば起きているのである。黙示録の最初と最後にある「わたしはアルパであり、オメガである」という記述は、この書のテーマと密接に結びついていて、この書を理解するのに重要な役目を担っているように思えてならない。預言は未来のことである。すなわち、未来のことは神に属し、神が決めてくださることである。だから、そこに記されていることがどのように重要なことでも、また自分とかかわりがあることでも、自分が拘わることが出来ないことである。従って、その時と場所を特定したり、そのことの意味を解明したりすることに関心を注ぐことに、余りに多くの労力を注ぐことは賢いことではない。もしそれが、人のなすべきことであるのなら、神は決して黙示という形で啓示されることはなかったはずである。

主が私たちに期待されたことは、未来や過去の解明に意を注ぐことではない。自分自身の現在、すなわち、主に与えられた時間を、自分の責任において生きることである。

## 主が与え、主が取られる人生（ヨブ記1・21）

ヨブは多くのものを与えられ、祝福された生活を送っていたが、ある日を境に突如として全てを失ってしまう。そのとき彼は、「主が与え、主が取られた。主のみ名はほむべきかな」と言ったが、主が与えられる最大のものは「命」すなわち、自分の時間である。時間こそ神の最大の贈り物である。神が始め、神が終らせる時間、それが私の人生である。

神が「私はアルパであり、オメガである」とおっしゃるのは、とりもなおさず、アルパからオメガの間が「あなたの人生だ」ということにほかならないのである。では、何故アルファベットのアルパとオメガが、「初めと終わり」の意味で使われたのであろうか。

アルファベットは、文字そのものには何の意味もない。が、それが組み合わされると言葉となり、言葉が綴られると文章になる。さらに文章が発展すると思想や論文、歴史や物語が生まれる。神が私たちに期待されていることは、このアルパからオメガまでの文字を用いて、自分の責任において自分の物語を書き上げることではないだろうか。人生とは、そのための時間なのだと私は思う。

## 「河童物語」

私は先に『豆狸物語』(二〇〇五年刊)を、さらに『馬似先生物語』(二〇一〇年刊)を著した。豆狸物語の副題は「里見質の生きた証し」であり、『馬似先生物語』の読みは、「バーニーせんせいものがたり」である。いずれも私の尊敬する信仰の先輩たちの生涯を私なりに記した小著である。その最終の「河童物語」の項に次のようなくだりがある。

「里見さんもバーニー先生も、彼らが意識していたかどうかは別として、私から見れば、キリストに埋没した人生を送った人たちである。彼らに共通しているのは、キリストへの滾《たぎ》る思いを抱きつつ、キリストにあって生きたことである。彼らは、パウロ同様、「我生くるにあらず、キリスト我が内に在りて生くるなり」を全生涯で証しした人たちであったと思う。」(『馬似先生物語』112〜113頁）そして、次のように結んでいる。

「さて私は、今まで彼らの物語を書いているつもりでいた。しかし、色々と思い巡らせているうちに不思議な感覚に捉われるようになった。それは、『コレは彼らの物語ではない。私自身の物語、すなわち河童物語だ！』という思いである。福音に埋没している人との出会いは、霊のマグマ溜りで魂のスパークを引き起こすことなく空しく終わることはない。天においては、豆狸物語、馬似先生物語、河童物語、その他、たぎる思いを抱きつつ福音に埋没《まいぼつ》している人たちの物語が、来るべき霊的爆発に備えて同時並行的に着々と進行中なのだと思う。それは私であり、あなたの物語である。これ（救いの物語）は特別な物語ではない。架空の物語でもない。誰にでも起こり得るドキュメンタリー（現実の物語）である。」（同117頁）

自分の人生の物語をどのように著すか、それはその人自身に任されている。自分の力だけに頼って生きる人生もあるし、他に依存して生きる人生もある。何も考えず、ただ酔生夢死《すいせいむし》に生きる道もある。が、私は「福音に埋没した人生」を河童物語として著したい。河童物語はまだ未完であるが、神が終らせてくださるその日までこの物語を書き続けさせて戴きたいと願っている。

（二〇一二・三・十二）

**【解説】** 河童物語が完結する前に、河童夫人（？）物語を書くことになるとは、この時はまだ、まったく念頭になかった。河童は私のことで、馬似先生はバーニー先生、豆狸は里見質兄のこと。

1984年作

# 神の業が現れる為

イエスが道をとおっておられるとき、生れつきの盲人を見られた。弟子たちはイエスに尋ねて言った、「先生、この人が生れつき盲人なのは、だれが罪を犯したためですか。本人ですか、それともその両親ですか」。イエスは答えられた、「本人が罪を犯したのでもなく、また、その両親が犯したのでもない。ただ神のみわざが、彼の上に現れるためである。(ヨハネによる福音書9・1〜3)

**「主のなされる産業」**(産業と訳せるヘブライ語でこの方が、主が「産み出される業」という力強い響きを表すので、この言葉を使っています)

今では、生まれつきの盲人が自分や両親の罪の故にそのように生れついたと考える者はほとんどいない。が、当時のイスラエルでは、そのように考える人が大多数であった。ということは、それが常識であったということである。ところがイエスは、その常識を打破するかのように、「罪の為ではなく、この人は神の業が現れる為に盲人に生れついたのだ」と言われた。一種の爆弾発言である。だが、これはただ人を驚かすだけのものではなく、物の見方を百八十度変えるような革命的発想の転換だったのである。

伝道の書（3・11）に「神のなされること（業《わざ》）は皆その時にかなって美しい」とある。神のなされること（業）が時にかなって美しいことに異論のある人はあるまい。だが、これに「すべて」が付くと、「さて？」と首を傾げてしまうのではないだろうか。というのは、神の業が時に適って美しいと感じるのは、特別な場合であることが多いからである。

例えば、「獄中書簡」の第二便が来たとき、私は思わず「これは主のなされる業だ」と直感し、そのままを説教題とした。私がそのように思ったのは、主のなされる業が特別なことであり、特別であるが故にすばらしい（美しい）という思いがあったからである。私の直感に間違いはなかった。彼はそれ以来、熱心に聖書を学び、エン・クリストオの者とされ、キリストへの信仰に溢れた彼の手紙は既に三四通に達している（『塀の中のキリスト――エン・クリストオの者への道』、ヨベル、2015年）。

確かに、特別の、主のなされる業はあるだろうし、その業は素晴らしいものに違いない。しかし、特定の人物に臨んだ特別のわざだけが素晴らしく、美しいのだろうか。もし、そうだとすれば、神は人を差別しておられることになる。が、それはおかしいと思う。「すべて美しい」とあるからには、原則として例外はないはずである。特別はあっても良い。すなわち、特別に美しいものがあっても良い。

が、例外、すなわち、美しくない主の業があってはならないと私は思うのである。

## 「生まれつきの盲人」の場合

くだんの生まれつきの盲人の場合を検証してみよう。彼の運命がこの時を境にして大きく変化する。しかも見えなかった人が見えるようになったのだから、もちろん「特別」に相違ない。彼の運命がどのように変わったのか、その詳細を見て行くことにする。

イエスは、「本人が罪を犯したのでもなく、また、その両親が犯したのでもない。ただ神のみわざが、彼の上に現れるためである」と言った後、「地につばきをし、そのつばきで、どろをつくり、そのどろを盲人の目に塗って」、こう言われた。「シロアムの池に行って洗いなさい」。彼が言われたとおりにすると、目が見えるようになり、喜んで家に帰った。すると、村人が見えるようになった彼の姿に気づいて騒ぎになり、人々は彼をパリサイ人のところに連れて行った。その日が安息日だったからである。

騒ぎはさらに大きくなり、彼の両親はもとより、安息日に医療行為をして（罪を）働いたイエスの身にまで影響が及ぶ事態となった。これでは、「神のみわざが現れる……」どころではない。如何に偉大な神のみ業でも、肉の目には罪悪行為にしか見えないのである。

ここで、改めてイエスの言われたことの意味を考えてみよう。イエスは言われた、「本人が罪を犯したのでもなく、また、その両親がおかしたのでもない。ただ神のみわざが、彼の上に現れるためである」と。これは、「この人が生まれつき盲人なのは、だれが罪を犯したためですか」という弟子たちの問いに答えたものである。詰まるところは、この人が、生まれつき目の見えないことは、罪とは関係が無い、彼は神のみわざが現れる為に盲目に生れついたということである。

では、盲目に生れついたということがどのような形で神のみわざを現すことになったのか。それは御子イエスの中に神の力が宿っていることを人々に明らかにすることによってである。ここで一つの問題が出てくる。彼の場合は、たまたま御子イエスに出会ったことで、神のみわざを現すことができた。が、彼以外の盲人たちの場合はどうなるのだろうか。この盲人のように特別な人だけが神のみわざを現すために生れてくるが、その他の人たちは、神のみわざとは無関係に生れてくるのだろうか。そうではないと思う。なぜなら、人間だけでなく、すべての被造物が、その存在をもって神のみわざを現すためにこの世に存在させられると思うからである。しかし、すべての盲人が、この人のような形で神の業《わざ》を現すのではない。その意味では、彼は紛れもなく特別なのである。

一口に盲人と言っても、みんなが同じではない。家庭環境も違えば、国も民族も違うし、性別だって、年齢だって違う。また社会的地位にも色々と違いがある。だから、神の業の現し方は、千差万別である。神の業は、多くの場合、試練を克服することを通して現れる。盲人に生まれつくということは、試練を持って生れるということである。だから、生まれつきの盲人が、信仰によってその試練を克服するなら、それこそが神のみわざである。たといそれが、生まれつきの盲人が見えるようになるという奇跡的なことでなくても、一向に構わない。なぜなら、目が見えなくても明るく生きるというようなことであっても、それは立派な神の業だからである。

## 試練と奇跡

ＮＨＫの朝の連続テレビ小説『カーネーション』（二〇一一年度下半期に放映）、先週は「奇跡」という週題で放送されていた。場面情景は、病院でのファッションショーで、患者のひとりである末期がんの女性が奇跡を起こすという設定である。主人公のイトコは服飾デザイナーであるが、高齢に達していて、それでも第一線で活躍していたのだが、その女性に、「年を取るということにも一つだけ良いことがあることに気がついた」と話しかけ、奇跡の話をする。彼女は言う。「年を取るということは、奇跡を起せるということや。若い者が飛び回って立派な仕事をするのは当たり前で、奇跡でもなんでもない。しかし、八十を越した年寄りが、バリバリ第一線に立って仕事をするのは、もう立派な奇跡や」と。そして、「笑ろうてみ」とその女性に言う。すると彼女は静かに微笑んだ。それを見たイトコは「それでいい。子供たちの前で、しあわせな笑顔を見せてあげなさい。末期のガン患者が幸せそうな笑顔を見せることができれば、それはもう奇跡や」と言う。

年を取るということも癌を患うことも、人間にとっては、同じように大きな試練である。が、試練は決して不幸の代名詞ではない。試練に遭っても、それに負けずに立ち向かい、それを克服できないまでも、明るく生きることができれば、それはある意味で奇跡である。

詩篇19篇1節に、「もろもろの天は神の栄光をあらわし、大空はみ手のわざをしめす」とある。このように、神は万物（すべて）の創造主であって、天地万物がみ手のわざ、神の栄光を現すものである。だから、「神のなされる産業は、すべて時に適って美しい」というのは紛れもない事実である。ただ、人がそのように感じることができないのは、感受性と霊的洞察力に問題があるからであって、それは神の責任ではない。人が認めると認めざるとにかかわらず、この世に生を受けたすべての人が、神のみ手のわざである。換言すれば、神の業が現れる為に、私たちは生れたのである。

私の経験から言えば、わが身に神のわざが現れやすいのは、順境の時より逆境の時、平安より試練に於いてである。生まれながらにして試練を背負わされている人もいるが、どのように幸せな環境に恵まれて生れた人でも、長い生涯の間には必ず試練がある。その試練を、神が与えたものであると考えて、神への信仰によって試練を乗り越え、克服することができれば、そのこと自体が神のわざの現れである。

もちろん、試練は喜ばしいものではない。が、信仰によってその試練に打ち勝ち、乗り越えることができるなら、そこから得られる喜びは大きく、主の平安が心を十分に満たすのである。なぜなら、神が与えられた試練なら、神は必ず試練から脱出する道も用意してくださるからである。「主の山に備えあり」とはこのことである。

（二〇一二・三・二五）

【解説】試練に遭うと、その意味を問いたくなる。その答えは、「神の業が現れる為」と相場が決まっている。が、当事者にとっては、「逃れの道」を期待して、何とか生きる希望を見い出そうとする。

それでも、なかなか出口は見つからない。実に苦しい時期であった。「獄中書簡」とは、通常は獄中から書かれたピリピ書などのパウロ書簡を指すが、ここでは二年前から文通している某刑務所に服役中のTさんからの手紙のことを、その福音的内容から筆者がそのように名づけた。

昭和新山：1960 年作

# 春といい朝といい

天《あめ》が下のすべての事には季節があり、すべてのわざには時がある。(伝道の書3・1)

内村鑑三の「春はきたりつつある～」(『一日一生』)という詩に感動した妻は、この詩に曲を付けようと試みた。が、文語調の詩に慣れなかった為なのか、それを果たすことができなかった。そこで、新たに作詞したものに曲を付けた歌(「春よこいこい」)が完成した。歌詞は次の通り。

**春よこいこい**(服部ますみ作詞)

一、春よこいこい 春よこい 山はまだまだ綿ぼうし
風はつめたく 肌をさす けれど聞こえる足音が
春の足おと 聞こえるよ 春よこいこい春よこい

二、春よこいこい 春よこい 息はまだまだ白くなる
木々の小鳥は未だ来ない けれど聞こえる足音が
春の足おと聞こえるよ 春よこいこい春よこい

三、春よこいこい 春よこい 弱ったからだを暖めて
春が来るのを待っている 土筆《つくし》も菫《すみれ》も待っている
両手を広げて待っている 春よこいこい春よこい

四、春が来たきた 春が来た 神の息吹が吹いて来た
山はさくらが咲きみだれ 木々の小鳥は歌いだす
苦しむ者に のぞみあり 春が来たきた春が来た

この歌を前にして、ふと、聖書は「春」について何と言っているのだろうかという疑問が湧いてきた。調べてみて驚いた。「天が下のすべての事に季節がある」とあるから、季節に敏感であるかと思いきや、敏感どころか、まるでその反対もいい所で、旧約聖書には「春の雨」などの数例があることはあったが、新約聖書に至っては、何と全く出てこないのである。そう言えば、聖書は全体に季節感に乏しく、なんとなく潤いというものが感じられない。だい

たい、イスラエルは砂漠の民であるのだから、索漠《さくばく》としているのは仕方がないか？　いやいや、ここでシャレを言っている場合ではない。先に進む。「春よこいこい」に続いて、「朝が来た」が完成。

**朝が来た**（服部ますみ作詞）

一、朝が来た　朝が来た　明るい日ざしが射してきた
今日もお日様笑ってる　涙をぬぐってあげようと
ぬれた眼をかわかして　きっと仕合せ来るように
祈ってあげると言っている

二、昼が来た　昼が来た　日ざしが眩しくあたたかい
今日も生きる喜びを　感謝をしようとおしえてる
涙を拭って仰ぎみる　きっと喜び来るように
祈っているよと言っている

三、夜が来た　夜が来た　お日さまお空も隠れたよ
キラキラお星が輝いて　三日月さまも笑ってる

わたしが夜はみ守るよ　ぐっすりお休み坊やたち
きっと良い日がやってくる

春といい、朝といい、今までは「来て当然」と思っていた。が、このように言われてみて初めて、「人の思いはその立場によって違うのだ」ということに気づかされた。

確かに、「すべての事には季節があり、すべてのわざには時がある」が、その季節を迎えるときの気持ちは、人それぞれである。朝を迎える気持ちや春を待つ気持ちも人によって違うのである。

朝を、何も考えずに迎える人もあれば、恐れと不安に包まれて迎える人、また、望みを抱きつつ待つ人もあるであろう。「朝が来た」は、希望を抱いて待った人の詩である。なぜなら、待つ人だけが、このような歌をうたうことができるからである。朝を待つことができる人は、また昼や夜をも楽しむ（享受する）ことが出来る人である。この歌詞を詳しく味わってみることにしよう。

朝をもたらすものは太陽である。それゆえ、朝を待つとは日の出を待つことにほかならない。明るい日差しは、希望のしるしである。笑顔のお日さまが、涙をぬぐってくれ、仕合せがくるのを祈ってあげると言っているように感じた作者の心がいじらしい。

昼はお日さまの活動の最盛期である。生きる希望と喜びを与え、しかも祈っていると感じる心は感謝に満ち溢れているかのようである。しかし、そのお日さまが隠れる夜がやって来た。でも心配はいらない。お星さまも、三日月さまもちゃんと居て、坊やがぐっすり眠れるように見守ってくださる。

きっと、明日も良い日がやってくるに違いない。そのように思うからこそ、朝が来ることを希望をもって待てるのである。そして朝が来たら、「朝が来た、朝が来た」と感謝の一日を始めることができるのである。

## 一陽来復

「一陽来復《いちようらいふく》」という言葉がある。これは冬至から日照時間が長くなることから、日々遠ざかっていた太陽がこの日を境に帰ってくることから言われるようになったものである。すなわち、陰が極まり陽が帰ってくることをいう。

冬至が過ぎると、暦の上ではもう新春である。と言っても、寒さはまだまだ続く。昔の人たちが、冬が極まったときに「一陽来復」と言って冬を耐えたのは、すばらしい生活の知恵であったと思う。

人が春を待つのは、冬になってからである。現に今、光に包まれている人は光を求めない。光は既にあるからである。夜の闇の中に居る人が朝を待ち望んでいるのであり、冬の寒さに耐えている人こそが暖かくなる春を待っているのである。夏の盛りに春を待つ人はいない。人が春を待つ心を最も強めるのは厳冬期にある時である。

## 期待感のある言葉

春といい、朝といい、共に期待感のある言葉である。「期待」とは、「期して待つ」と書く。「期」には「あてにして待つ」という意味がある。何をあてにするのかと言えば、それは勿論「約束」(ちなみに「期」には「約束」という意味もある)である。が、春や朝が何を約束してくれているというのであろうか。基本的に、季節は何も約束はしてくれない。にもかかわらず、私たちは何かをあてにして春や朝を待つ。それは何故なのであろうか。

人が、春や朝を心待ちにするのは、自然を支配している神に対するある種の信仰があるからではないだろうか。

「あてにしないで待っているよ」と冗談で言うことがある。期待が大きければ大きいほど、期待を裏切られたときの失望は大きい。だから、そのショックを少なくするために、わざと「あてにしない」などと言うのである。人は、あてにしているからこそ待つことができるのである。あてにして待つとは、信じて待つことである。あてにしないで待つということは、信じていないことにほかならないのである。信仰もまた同じである。

## 信じて待つ信仰

復活信仰といい、再臨信仰といい、すべて福音信仰は信じて待つ信仰である。復活や再臨をあてにしない復活信仰や再臨信仰など、全くのナンセンスである。「救い」や「義認」も同じである。私たちはこれらのことをすべて信じるからこそ、冬の時代を耐えて待つことが出来るのである。

私たちには、神の家をつかさどる、この偉大な祭司があります。そのようなわけで、私たちは、心に血の注ぎを受けて邪悪な良心をきよめられ、からだをきよい水で洗われたのですから、全き信仰をもって、真心から神に近づこうではありませんか。約束された方は真実な方ですから、私たちは動揺しないで、しっかりと希望を告白しようではありませんか。（ヘブ

ル10・21〜23新改訳）
「約束された方は真実な方です」の直訳は、「約束された方は信頼に耐える方です」である。「信頼に耐える」とは、砕けた言い方をすれば「当てになる」ということである。私たちは、もっとも当てになる方の約束を信じる者であるのだから、その「希望が失望に終ることはない」のである。

（二〇一二・三・二五）

【解説】冬の到来と共に病状が悪化した。東洋医学の見解では、冬の寒さが影響しているから、春になれば好転するだろうという意見が多かった。それで、春に対する期待が高まった。私たちにとって、春は希望のしるしであった。

# くじけないで

もし一つの肢体が悩めば、ほかの肢体もみな共に悩み、一つの肢体が尊ばれると、ほかの肢体もみな共に喜ぶ。あなたがたはキリストのからだであり、ひとりびとりはその肢体である。

（コリント人への第一の手紙12・25〜27）

あの日、三月十一日から、早一年が経った。思えば公私とも波乱の一年であった。顧みれば、悲しいことや苦しいことが多く、くじけそうになる日が多くあった。中でも東日本を襲った地震と津波による甚大な被害とその後の混乱に、言葉を失う日々が未だに続いている。くじけそうになっている人、悲しんでいる人、苦しんでいる人を見ると、励ましたくなるのが人情である。が、『くじけないで、悲しまないで、苦しまないで』と言葉をかけるのは、それほど簡単なことではない。なぜなら、その言葉が励ましとならず、返って彼らの心を余計に動揺させるかもしれないからである。

妻が久し振りに作詞作曲した。「三・一一」に合わせて作ったものである。題名は「くじけないで」。一番の歌詞は次の通りである。

くじけないで　悲しまないで　苦しまないで
長い闇路が続いても　どこかに光りが見えるはず
独りじゃないんだ　ぼくたちも　一緒に歩いているんだよ

この歌詞の強調ポイントは、もちろん歌いだしの「くじけないで」にある。が、この歌が共感をもって迎えられるための隠れたポイントが最後の部分（ぼくたちも一緒に歩いているんだよ）にある。くじけそうになっている人に「くじけないで」と言い、悲しみに打ちひしがれている人に「悲しまないで」と言い、苦しんでいる人に「苦しまないで」ということは危険なことである。なぜなら、下手をすると、傷口に塩をなすりつけることになりかねないからである。が、「ぼくたちも一緒に歩いている」という言葉によって、その危険が回避されている。しかし、本当にこの歌が困難にある人たちの慰めとなり、励ましとなるとすれば、それは、からだの中に分裂がなく、それぞれの肢体が互にいたわり合うためなのである。

それは、この歌が自分に言い聞かすように歌われたときであると私は思う。実際、この歌を作った妻自身が、「自分に向けてこの歌を歌い、自分を慰めている」と私に告げたのであるから、これは間違いないところである。人に向って「くじけないで」というからには、自分がくじけそうになった経験がなければならない。人に向って「悲しまないで」という者は、自分もその人と一緒に悲しんでいなければならない。人に向って「(それ以上)苦しまないで」と言えるのは、自ら苦しんでいる人だけである。人への励ましが真にその人への励ましになるためには、その人と同じ平面に立っていなければならない。なぜなら、高い位置からの励ましは、叱責や命令となりがちだからである。

人への慰めの言葉が真にその人への慰めとなるためには、その人と同じ慰めをその言葉から受けた経験がなければならない。なぜなら、自分を慰めることも出来ない言葉に、真心を込めることは至難の業だからである。およそ、真心のこもらない言葉で人を励ましたり、慰めたりすることは不可能である。では、真心のこもった励ます力、慰める力となる言葉はどこから出て来るのだろうか。それは、愛である。愛とは何か。

## 愛は共感する力

イスラエルの人たちのエルサレムに対する愛は尋常ではない。都エルサレムは、彼らの命そのものであると言っても過言ではない。彼らは紀元七〇年にローマ帝国によって陥落したこの都を取り戻すために、実に一九〇〇年もの歳月を要した。その息の長い執念には驚かされる。が、それ以上に驚くのは、そのために多大の犠牲を払うことをも惜しまず捧げられた彼らのエルサレムへの愛の深さである。エルサレムに「嘆きの壁」というものがある。「悲しみの壁」ともいうらしいが、この壁は破壊されたエルサレム神殿の一部であると信じられ、彼らはここで紀元七十年の神殿破壊を悲しむのだという。私が驚くのは、イザヤの預言が今も生きているという事実である。

すべてエルサレムを愛する者よ、
彼女と共に喜べ、彼女のゆえに楽しめ。
すべて彼女のために悲しむ者よ、
彼女と共に喜び楽しめ。(イザヤ書66・10)

イザヤ書は言う、「すべてエルサレムを愛する者よ、彼女と共に喜べ、彼女のゆえに楽しめ。

すべて彼女のために悲しむ者よ、彼女と共に喜び楽しめ。」と。ここで、（エルサレムを）愛することと、（彼女のために）悲しむことが同列に置かれていることに注目していただきたい。愛するとは、その人のために悲しむことなのである。勿論、愛することは共に喜び、共に楽しむことでもある。が、それだけではない。すなわち、愛とはすべてを共感する力なのであり、その人と共に悲しむ人だけが、共に喜ぶことが許されるのである。

パウロは、「愛には偽りがあってはならない」（ローマ12・9）と言っている。また、こうも言っている、「喜ぶ者と共に喜び、泣く者と共に泣きなさい」（ローマ12・15）と。パウロは、それが本当の愛だと言いたかったのだと思う。喜ぶ者と共に喜び、泣く者と共に泣くためには、すべてに共感する力が必要である。それがあってこそ愛と言えるのである。では、共感する力を得るにはどうすればよいのであろうか。

## キリストに繋がる肢体

共感する力は、キリストに繋がり、その肢体となることによって得られる。パウロはこう言っている、「あなたがたはキリストのからだであり、ひとりびとりはその肢体である」と。ひとつのからだには調和が与えられていると、パウロは言う。確かに私たちの体には素晴らしい調和があり、各肢体は互いに助け合い、補い合い、いたわりあっている。

「一つの肢体が悩めば、ほかの肢体も悩む」とあるが、これは事実である。一つの体に繋がる肢体の共感力は完璧で、非常に敏感である。打てば響くとはこのことである。一つの肢体が尊ばれると、ほかの肢体も、わが身のことのように喜ぶのである。これは理屈ではない。実際にキリストに繋がってみて初めてわかることである。

## 寄り添う心

妻から妻の友人の家の老犬の話を聞いた。彼女は若いときに乳癌を患い、以来その病と闘い、随分苦労してきた。誰にも話せない愚痴を、その犬に向って問わず語りに聞かせたところ、この犬は静かに聴いてくれたという。このように、飼い犬でも飼い主に寄り添う心をもっているのだから、ましてや、キリストにある者たちは、キリストに繋がることによって、ひとつのからだとされ、共感する心を与えられるのではないだろうか。

最後に、「くじけないで」の1~4番の歌詞を掲げるので、熟読していただきたい。

一、くじけないで　悲しまないで　苦しまないで

長いやみ路が続いても　どこかに光が見えるはず
ひとりじゃないんだ　ぼくたちも　一緒に歩いているんだよ

二、くじけないで悲しまないで　苦しまないで
深い谷間を歩むとも　どこかに道が見えるはず
すべての希望が消えるとも　どこかに光が見えるはず

三、くじけないで　悲しまないで　苦しまないで
すべての道が閉ざされても　まだまだ望みを捨てないで
ひとりじゃないんだぼくたちも　一緒に歩いているんだよ

四、くじけないで　あきらめないで　苦しまないで
きみが泣くならぼくも泣く　きみと一緒にいるんだよ
きみが喜び歌うまで　きみのそばを離れない

（二〇一一・三・十八）

【解説】三月十一日に合わせて作詞作曲した曲が出来上がり、まだ声も出るし、ピアノも弾けるということで、懸命に吹き込んだテープが残っている。

「くじけないで」が出来てから、次々と歌が妻の口から出て来るようになり、「春よこいこい」や「朝が来た」などが生まれた。

## 祈りとは何か

するとそのとき、十二年間も長血をわずらっている女が近寄ってきて、イエスのうしろからみ衣のふさにさわった。み衣にさわりさえすれば、なおしていただけるだろう、と心の中で思っていたからである。イエスは振り向いて、この女を見て言われた、「娘よ、しっかりしなさい。あなたの信仰があなたを救ったのです」。するとこの女はその時に、いやされた。（マタイによる福音書9・20～22）

### 「助けたまえわが主イエスよ」

最近のこと、病気で苦しんでいる妻に「祈りって何？」と聞かれて、答えに窮してしまった。かつて私は、「祈りは魂の叫びであり、うめきである」と、偉そうにわかったようなことを言った覚えがある。が、そのような答えは、今の彼女には何の力にも、また慰めにもならないと思えたので、ただただ沈黙するのみであった。

改めて、「祈りとは何か」と自分に問いかけてみた結果、祈りの何たるかについて、自分は何も知らないことを思い知らされた。

**助けたまえわが主イエスよ**

一、行き先見えぬやみのうち 手さぐり歩き傷付いて
それでも探す主の御手を どこに主の御手、御衣が
分からないまま 手をさしのべる
たすけたまえわが主イエスよ

二、御声ぞ聞けぬにぶきわれ 御声を求め歩みつつ
それでも聞けぬ御言葉が どこにも御声が、御心が
わからないまま 手をさしのべる
たすけたまえわが主イエスよ

これは妻の賛美歌の最新作であるが、この中に、「祈りとは何か」の答えのヒントがあるよ

うな気がする。一言で言えば、祈りとは助けを求めることそのものである。それが言葉となり声となるとき、人は「祈り」というが、具体的な形をとることがない状態でも、その人の中に祈りは存在する。

## マタイによる福音書9章の祈り

マタイによる福音書9章には様々な人物が登場するが、そのほとんどは病人であったり、悪霊に取りつかれたりしている人たちであった。

最初の人は、中風の人で、仲間に戸板に乗せられたままイエスの前に運ばれてきた。イエスは「彼らの」信仰を見て、「子よ、しっかりするのだ。あなたの罪はゆるされたのだ」と言われた。これを聞いていた律法学者たちは「神を汚している」と感じるが、イエスはその人に「起きよ、床を取り上げて家に帰れ」と言われた。すると彼は癒されて家に帰った。

次に登場するのはこの福音書を書いたマタイである。彼は取税人であり、イエスは彼の家に入って食事を共にされていた。パリサイ人たちがそのことを非難しているのを聞いたイエスはこう言われた。

「丈夫な人には医者はいらない。いるのは病人である。『わたしが好むのは、あわれみであって、いけにえではない』とはどういう意味か、学んできなさい。わたしがきたのは、義人を招くためではなく、罪人を招くためである」。（マタイ9・12、13）

医者に助けを求めるのは病人であって、丈夫な人ではない。従って、医者は病人のためにあると言える。神が「いけにえ」ではなく、「あわれみ」を好むのも、それと同じ理由である。なぜなら、犠牲を捧げる者は自分の義のためにそれをするのであって、神にあわれみを請うためではないからである。すなわち、犠牲を規定どおりに捧げる義人には、神に助けを求める気持ちはなく、あるのは自分の義を認めてほしいという思い上がった心だけである。

そうこうしているうちに、ある会堂司がイエスの元に来て言った。「わたしの娘がただ今死にました。しかしおいでになってその手をその上においてやってください。そうしたら、娘は生き返るでしょう」（マタイ9・18）。

イエスは彼について行くが、途中でハプニングがあった。それが冒頭の聖書箇所である。ハプニングの主は一二年間も長血という病気に悩まされていた女性であった。

結果的に、イエスの衣の房にさわったこの女性は癒されるが、会堂司の娘はどうなったのであろうか。勿論、イエスに手を取っていただいた少女も死の淵から助け出されて起き上がった。この章で癒された人たちは、本人や周囲の人たちの信仰が評価されている。中風の人の場合は、「彼らの信仰を見て」、「あなたの罪はゆるされた」と言われたし、長血の人には「あなたの信仰があなたを救った」と言われた。会堂司の娘の場合には、信仰についてイエスは何も言っておられないが、会堂司のイエスに対する信頼を評価されたことは明らかである。ここには、いわゆる祈りなるものはないが、祈りの心が充満していると私は思うのである。

### 理論と実際

私は先に「祈りとは助けを求めることそのものである」と言った。また、かつて「祈りとは魂の叫びでありうめきである」と言ったこともある。が、それらは祈りについての一般論(理論)であって、実際の祈りそのものではない。実際の祈りは、祈る人、一人ひとりの中に生まれ出るものであって、単なる言葉ではない。言葉になるかどうかが問題なのではない。祈りの心そのものがあるかどうかが問題なのである。

### 「実験物として己自身を提供する」

「己を……実験物として提供する」と内村は言う。この考えは、福音信仰の根本をなすものであって、祈りについても同じことが言えるように思う。すなわち、「祈りとは何々だ」というように、論理的に捉えることも必要であるが、それだけでとどまっていては、祈りの真髄に迫ることはできないと思うのである。

聖書研究や神学的思考から出てきた祈りの定義のようなものは、あくまでも一般論である。しかし、私たち自身は生きている生身の人間である。人は一人ひとり違っていて、一般論では論じられない。

いや、そうしてはならないのである。自分自身が丸裸（ありのままの姿）で神の前に立つこと、それこそが祈りなのだと思う。それをするために必要なものが、すなわち、神への信頼である。

中風の人とその仲間たち、会堂司とその娘、そして長血を患っていた女性、その立場や思いは違っても、主への信頼は共通である。これらの人々は、己を実験物として神に提供したのである。

医療行為を受ける患者たちもまた、己を医療機関の人たちの前に提供している。が、彼らにどれだけの信頼があるだろうか？　では、信頼を得るために何が必要なのか。必要なのは、一人ひとりの患者に対する丁寧な診察であり、思いやりである。それがあって初めて信頼が生れるからである。

（二〇一二・六・三）

## その時サラは！

信仰によって、アブラハムは、試錬を受けたとき、イサクをささげた。すなわち、約束を受けていた彼が、そのひとり子をささげたのである。この子については、「イサクから出る者が、あなたの子孫と呼ばれるであろう」と言われていたのであった。彼は、神が死人の中から人をよみがえらせる力がある、と信じていたのである。だから彼は、いわば、イサクを生きかえして渡されたわけである。

（ヘブル人への手紙11・17〜19）

三男夫婦が予定していた保育所が計画倒れに終わり、孫二人が市立の保育所に行くようになって、早二か月が過ぎた。慣れない保育所通いで、初めは、毎日泣いていた二人だったが、今ではすっかり慣れて、毎日ご機嫌で通うようになった。大丈夫だろうかと心配していただけに、ほっとしている今日この頃である。

六月に二歳になったばかりの孫娘は、すっかりおしゃまになって、朝起きると、妻のベッドまできて、「おはよう」が言えるようになった。この土曜日に四歳になる孫は、今はパズルにはまっていて、外にも出ないで夢中になっていると聞いた。その孫を迎えに行ったところ、七夕飾りが目に付いた。

見ると、『はっとりけいご』と名前のある短冊があった。そこにはこう書かれていた。「じいちゃん、ばあちゃんにあいたいです。」後で嫁に聞いてみたら、「そうなんです。じいちゃん、ばあちゃんには 毎日会っているでしょうといっても、それしか言わないんですよ」という返事であった。

孫たちにとって、私たちは一対（一体）の存在のようで、もう小学生になった孫も、私がひとりでいると、「ばあちゃんは？」と、あちこち探し回ったものである。

## アブラハムとその妻

アブラハムとその妻サラは、史上最も著名な夫婦であると言っても過言ではない。が、彼らはただ著名なだけではない。すべての夫婦のお手本になるような夫婦像を築いてくれたという意味でも大きな功績があったと私は思う。そのことに気づかせてくれたのがくだんの短冊である。

アブラハムとサラの生涯はほぼ完全に重なっている。彼らは常に一緒にいたと言ってもよいほどである。というのは、彼らはテラの一族であったからである。テラには三人の男子がいた。アブラム（後のアブラハム）とナホルとハランである。ハランは父テラに先立って死ぬが、一人の息子（ロト）と二人の娘（サライ＝後のサラとミルカ）を遺した。アブラムとナホルはこの二人の娘を妻とした。したがって、アブラムは姪と結婚したことになる。ロトは甥に当たり、この甥と姪（実は妹？）が彼と行動を共にすることになったのである。

アブラハムの生涯、殊にその後半生は波乱万丈の連続であった。サラはそのすべてにおいて彼の伴侶であった。サラほど伴侶の名にふさわしい女性を私は知らない。

## アブラム、サライ時代

アブラム、サライ時代は、アブラムが九九歳になるまで続いた。彼らはカルデヤのウルの出身であったが、父テラと共にそこを出てカナンの地に向ったが、カナンに住みつき、テラはそこで死んだ。

アブラムが「大いなる国民の父とする」（創世記12・2）という主の約束の言葉を受けてハランを出たとき、彼は七五歳であった。勿論、甥のロトと妻となったサライも同行した。

この時代で特筆すべきは、やはり、アブラムが「義と認められた」（創世記15・6）あの出来事であろう。その15章は「これらの事の後《のち》、主の言葉が幻のうちにアブラムに臨《のぞ》んだ」という記述で始まっている。

「これらの事」とは、アブラムがエジプト人を恐れて、美人の妻サライを妹と偽って自分の身を守ろうとしたことから起こった事件や、甥のロトが肥沃なヨルダンの低地を選び住み、彼が山地を選んだこと（以上創世記12〜13章）、また、その地方の王たちの間に争いごとがあり、ロトがそれに巻き込まれ、財産ともども連れ去られるという事件が起こり、彼はこれを追撃してロトを救出し、財産も取り戻したことなどである。

この時代のサライに関する記事中では、つかえ女ハガルをアブラムに差し出し、イシマエルが生れる場面が印象的である。サライがハガルを差し出した背景を考えると、夫アブラムが神から受けた「大いなる国民の父となる」という約束が実現するには、養子としたダマスコのエリエゼルが世継ぎになるのではなく、どうしてもアブラムの「身から出た者」（15・4）でなければならないことを知ったからだと思われる。

## アブラハム、サラ時代

アブラハム、サラ時代の始まりは17章からである。主とアブラムの間に「契約」が結ばれ、その名もアブラハムと改められた。それと共に、サライはサラとなった。いずれも主からの命令である。

いうところの契約とは、割礼のことである。先の「あなたを大いなる国民とする」という約束は、言わば口約束であるから、この約束を目に見える形にしたものが即ち割礼である。したがって、アブラハム・サラ時代とは割礼の時代とも言えるのである。主が割礼を命じられたとき、アブラハムに初めてサラから男子が生れることが告げられるが、彼は「百歳の者にどうして子が生まれよう。サラは九〇歳にもなって、どうして産むことができようか」と言って笑ったが、後にこのことを知ったサラも、同じように笑ったのは、彼らの思いが一致していた証拠である。

この時点でイサクが生れるまでのタイムリミットは約一年である。が、この短い期間に二つの驚くべき物語が展開している。まず、19章では、ソドムとゴモラが滅び、20章では九〇歳近くののサラがゲラルの王アビメレクに召しだされた事件が記されている。これらは、いずれもハランの息子（ロト）と娘（サラ）の運命に関することである。九〇歳という年齢は、彼女の全生涯が一二七年であったことを思えば、すでに老年期にあったとは言え、イサクを宿していて若返っていたことも考えに入れると、決して不思議ではない。これは、サラがそれほどの美貌であったという証しである。

一年後、主の約束の言葉のとおりに、イサクが生まれた。イサクの誕生は彼らにとって新しい時代の希望の光そのものであった。ところが、主はそのイサクを捧げよと命じられたのである。

## アブラハムの弱点

アブラハム夫妻の最大の試練を、彼らが如何にして乗り切ったのか、それは想像するしかない。が、彼らが見事に試練をのりきることができたことだけは確かである。言えることは、彼らの一致協力した行動があったということである。過去の幾多の試練や災難、また問題を乗りきることが出来たのは、この一致協力の賜物であると私は思う。アブラハムは、世俗の問題に対して、常に強く逞しく、勇敢であり、しかも賢くふるまうことができた。そして、信仰においても、主に対する信頼によって行動して、その信頼によって義と認められたのである。が、そのアブラハムにも弱点はあった。弱点とは、妻サラである。すなわち、彼は妻サラと共にあるときは、模範的な夫であり、信仰も健全であったが、その心が妻から離れるなら、たちまち、凡人俗人となってしまう悪い癖があったのである。

神の目には、彼らは一つであった。すなわち、アブラムの身から出た者とは、サライから生れた者という意味も含んでおり、彼らは神の前に一つだったのである。

## 約束と契約

契約とは、「(一方の主体的裁量や約束を他方が受け入れ服する形での)裁定と受諾の関係」(織田昭編『新約聖書ギリシャ語小辞典』教文館、2002年)である。アブラハムへの約束は、最初全くの口約束であり、約束のしるしなどは存在しなかった。本来、約束には書いたものなどのしるしは必要ではない。それが必要になるのは、約束が果たされることに対して信頼がないからである。信頼があれば、口約束だけで十分である。

しかし、悲しいかな、人間は確かなしるしを求める。神の約束を確かに受諾したというしるしが即ち割礼である。割礼とは神への信頼のしるしであった。ところが、いつの間にか、割礼は神の約束を保証するものに取って変わってしまったのである。

律法もまた同様である。神への信頼さえあれば、本来、律法は必要ではなかった。ところが人間は、神を恐れるあまり、直接神に聞くことを忌避し、神に聞くことはモーセ一人にまかせた。結果、与えられたのが律法である。

結婚は夫婦間の約束で成り立っている。書いたものや指輪などのしるしがあるかどうかは問題ではない。結婚に必要なものはただ一つ、相互の信頼である。信頼があれば、二人は主の前に一つであり、それが本来の姿である。その時サラ（妻）に、そしてアブラハム（夫）に、互いへの信頼があるかどうか、それが問題である。サラとは、私にとってはわが妻のことである。

（二〇一二・七・一五）

## 信頼で、サラも！

信仰によって、サラもまた、年老いていたが、種を宿す力を与えられた。約束をなさったかたは真実であると、信じていたからである。このようにして、死んだと同様な人から、天の星のように、海べの数えがたい砂のように、おびただしい人が生れてきたのである。（ヘブル人への手紙11・11〜12）

ヘブル人への手紙11章は「信仰の書」と言われる。なぜなら、この章は「信仰とは……」で始まり、「信仰によって」生きた人々の記述で満たされているからである。が、この章は決してカギカッコつきの信仰の章ではない。「信仰」というから、特別の信仰、立派な信仰、揺るぎのない信仰、教会保証付の正統信仰などのイメージが一人歩きし、信仰が万能の力を持っているかのような錯覚を人々に与えてしまったように思う。そのそもそもの原因を作ったのが、6節の翻訳文（原文ではない）の黒丸部分なのではないだろうか。

信仰がなくては、神に喜ばれることはできない。なぜなら、神に来る者は、神のいますことと、ご自分を求める者に報いてくださることとを、必ず信じるはずだからである。
日本語の「信仰」は、英語では普通「faith」と訳される。が、実際は逆で、英語から転用されて「信仰」と訳されたように思う。これらの翻訳から受けるイメージは色付きの信仰である。すなわち、キリスト教の正統的信仰など特定の信仰を意味している。神はその特定の信仰を持っている者を愛《め》で、これを喜ばれるというのが、ここから受ける印象である。が、ヘブル書著者の意図はそのようなことではなかったように思う。なぜなら、ここでいう信仰とは、キリスト教やユダヤ教などの特定の信仰のことではなく、ただ「神のいますことと、ご自分を求める者には報いてくださることを、必ず信じる」ことだからである。これは、「信仰」というより、「信頼」を意味している。「信頼」なら、何も特定の信仰でなくてもよいし、ただ漠然と己の信じる神への信頼でもよいわけである。

6節の「神に喜ばれる」は、5節でエノクが神に喜ばれた結果、生きたまま天に上げられた記事を受けたものである。神に喜ばれた者とは、「神に受け入れられた者」の意である。したがって、「信仰がなくては、神に喜ばれることができない」は、「(神への)信頼なくして、神に受け入れられることはできない」と訳すことができる。そうすると、後に続く「信仰によって」は、すべて「信頼によって、～は」あるいは、「信頼で、～は」と訳すことが可能になる。信仰を信頼と置き換えて読んでみると、11章の意味がよりよく、そして、より深く理解できるように思えるので、読者の方々にもお勧めしたい。「ひとりの死んだと同様な人(one man)から……おびただしい人が生れてきた」(ヘブル11・12)とあるが、これは勿論アブラハムを指している。が、実際に「死んだと同様な人」だったのは不妊の女(woman)サラであった。彼らは二人でひとりだったのである。だから、アブラハムひとりの信頼だけでは十分ではなく、サラの信頼もまた必要だったのである。

## アブラハムのふところに受け入れられたラザロ

ヘブル書11章で名が挙げられている人々は、いずれも目覚しい信仰的業績を挙げた名のある信仰の巨人たちばかりである。それゆえ、「信仰によって、～は」と言っても、まったく違和感がない。が、そのような顕著な業績のない人でも、神に受け入れられた人たちが、名も無い人々の中に数多く居たに違いないと思う。が、彼らがこのリストの中に登場するには、「信仰によって、～は」は、いかにも違和感がある。その点、「信頼で、～は」なら、無名の人たちでも全く問題が無い。イエスが譬えの中で登場させたラザロは、その人たちの代表なのである。
「ある金持がいた。彼は紫の衣や細布を着て、毎日ぜいたくに遊び暮していた。ところが、ラザロという貧しい人が全身でき物でおおわれて、この金持の玄関の前にすわり、その食卓から落ちるもので飢えをしのごうと望んでいた。その上、犬がきて彼のでき物をなめていた。この貧しい人がついに死に、御使たちに連れられてアブラハムのふところに送られた。金持も死んで葬られた」。（ルカ16・19〜22）
これは譬え話である。だから、ラザロの生い立ちについて云々することには余り意味がないかもしれない。が、ラザロのような人は少なくなかったはずだから、実話と考えても一向に差し支えは無いと思われる。そこで彼が実在の人であったとして、その生い立ちを考えてみた。
彼の生涯が決して恵まれたものでなかったことは想像に難くない。おそらく彼は、自分のみじめさ、哀れさを思って神を怨んだことが、生涯に一度や二度はあったはずである。そのように絶望的生涯を送ったにもかかわらず、彼は「アブラハムのふところ」に送られた。すなわち彼は、神に受け入れられたのであるが、それは何故なのか。それはわからない。わかっていることは結果だけである。イエスがそれに触れられなかったのは、話の本筋とは関係がなかったからであろうが、気になるところである。

ラザロがアブラハムのふところに送られた理由について、私には、一つだけ思い当たる節がある。それは、彼がみじめな生涯を送ったにもかかわらず、また必ずしも信仰深く生きることができなかったにもかかわらず、彼の思いの中のどこかに神への信頼があって、その信頼で、ラザロは辛いつらい人生を、喘ぎながらも、神への信頼で生きたのではないかということである。おそらくラザロは、自分がアブラハムのふところに迎えられるなどということは、夢にも思わなかったであろう。そのようなものより、彼の願いはただ一つ、生きているうちにその辛い境遇から逃れて、少しでも楽になることだったに違いない。だから、彼が祈るとしたら、「神様、助けてください」の唯一言だったのではないだろうか。が、彼の願いは聞かれず、彼は死んだ。これが彼の一生である。信頼で生きた人が必ずしも良い証しの生活をしたとは限らないが、それでも神は彼を見ておられて、御国に迎え入れてくださる。そのときの、彼の喜びはいかばかりであったことであろうか。望外の喜びとはこのことである。

## サラの場合

サラの生涯において、自分が不妊であることは、最も大きな懸念材料であり、悩みの種で信頼で、サラも！

あった。それゆえに彼女は、繰り返しアブラハムの子を自分の胎に宿すことを神に祈ったに違いない。しかし神は、何故かその祈りを聞き届けることがなく、虚しく時は過ぎて行った。ダマスコのエリエゼルを養子に向え、跡継ぎとするも、アブラハムの身から出た者でなければ跡継ぎになれないことを知るや、ついに仕え女ハガルを差し出してまでして、サラは夫に尽くしたのである。が、そのハガルから生れたイシマエルのゆえに、さらなる悩みを抱える羽目に陥ったことは、夫のために良かれと思ってしたことが裏目に出たのだから、まことに気の毒な出来事であった。

サラもまた、夫アブラハムがそうであったように、主への信頼で生きた人であった。が、その信頼の仕方は彼女独特のもので、アブラハムとは違っていたように思う。違いの要因はいろいろと考えられるが、男性と女性の違いに起因するところが大きいような気がする。

よく言われることは、男性が能動的であるのに対して、女性は受動的であるということである。この考え方は余りにも単純であり、女性の能力を過小評価し過ぎているように私は思う。一般に女性が受動的であるというとき、受動に対する一種の偏見がある。すなわち、受動より能動を評価する風潮が主に男性社会にあるような気がするのである。これが女性蔑視に結びついて、男女差別の原因になっているのではないだろうか。確かに体のつくりから言えば、女性は受身であり、男性は攻撃的であるが、それは見かけだけである。女性は、見かけは弱くても、芯が強い人が多い。いわば女性は受身に強く作られているのである。男性はその逆であって、見かけは強そうでも、以外に芯はなよなよしているものである。

受動に強いということは、受動に対して能動的であるということにほかならない。サラの主への信頼の仕方にもそれが現れ、イサクを生んだ。これは、男性にはできないことである。女性はそれが喜びだから、何も感心するほどのことはないという人がいるかもしれないが、私はそうは思わない。なぜなら、子を授かるということは喜びと同時に苦しみをも賜ることだからである。

喜びだけを賜るのであれば、信頼はいらないが、人は喜びと同時に、主から苦しみをも賜る。だからこそ、信頼が必要なのではあるまいか。エン・クリストオの生き方も同様である。我が内にキリストを受け入れ、キリストに生きて戴くということは、喜びと同時に苦しみをも賜ることである。そのために必要なもの、それが主への信頼である。信頼なくして、どうして主に受け入れられるであろうか。私の悪い癖で、また理屈を並べてしまった。病床に伏した妻の受苦の強さを思うにつけ、その妻にして出る「早くお迎えが来ないかなあ」という言葉の前には、男の理屈に過ぎないのだろうか。

（二〇一二年七月二二日）

# 祈りは聞かれた！（葬儀式辞）

私たちのガンとの戦いは突如として始まった。まさに晴天の霹靂とはこのことである。妻がからだの不調を訴えたのは八月の終わりの北海道旅行のときであった。高熱を発して、ほとんど外出できず、三日間ホテルに缶詰状態であったが、唯一観光できたのが思い出の「昭和新山」である。ところが、三〇年前の面影は全く失われていた。ほうほうの体で引き上げてきた北海道旅行であったが、そのときはまだ、テキの気配すら感じてはいなかった。

二、三日後、お腹の異常な膨らみに気づいて、近くの医院に行った妻が、青い顔をして帰ってきた。見ると、手元にK胃腸科の某医師への紹介状が握られてあった。それからの一週間は、検査に次ぐ検査で、たちまち妻の体力は落ち、その間、腹水は増え続けていた。へとへとの妻を一人で検査結果を聞きに行かせたくはなかったが、すでに二学期が始まっていたので止むを得なかった。

「一人で来たのか？　家族は？……いやなことでも言っていいか？」これが不安と心細さに揺れるあわれな患者への医者の言葉であったという。気丈な妻が、「ハイ、一人です。なんでも言ってください。覚悟はできています」と答えると、彼は「病名は原発不明ガン、ステージ4です」と言い放った。事情にうとい妻が「5があるんですか」と問うと、「ない」という返事。「じゃー、末期なのですね」。「そうじゃ」。

その後も、テンヤワンヤは続いた。すなわち、高知県に一つしかない（？）ペット《PET》（positron emission tomography ポジトロン断層法《だんそうほう》）の検査のために高知医大に行き、さらに検査結果が医療センターに送られてきたのはその一週間後であった。そうこうしているうちにも、微熱と腹水の増大は続いていて、九月のうちに一週間ごとに三回の抜水を行った。なぜなら、「腹水は抜くしかないな」と医師が言ったからである。さすがに不安になった私が、「どれぐらいの間隔で抜くようになったら命の危険があるのですか」と、夏休みを取った男性主治医に代わって、ペットの検査結果を伝えた女医に聞くと、「週に二、三回が限度です」と、こともなげに言う。

その後、幾つかの紆余曲折の末、漢方薬によると思われる一時的な回復で一息ついたのも束の間、冬になってから病状は急激に悪化。病院に逆戻りせざるを得なかった。抗がん剤による治療は三週間をワン・ステージとして、数回繰り返し行われるものらしいが、妻の場合は、三分の一ずつ、三度投与した。が、その三週が終わりきらないうちに、子宮体ガンの疑いアリと診断した産婦人科の主治医が、「あなたには抗がん剤は効きませんでした」と言い放ったという。このようなことを、私の居ない所で直接患者に話す女医の無神経さにはあきればかりである。

抗がん剤による化学治療に見切りをつけた妻が次に取ろうとした行動は、即退院であった。が、時期が悪かった。なぜなら、インフルエンザの流行期だったからである。が、女医は化学治療をあきらめたのではなかった。「薬剤を強くするか、他の薬剤を使って、もういちどやってみませんか」と、強く勧めたのである。しかし、彼女の決心はもう変わることはなかった。「お別れ会もあるし、卒園式もあるから、退院します」。こういう妻に向けられたのは、「三月まで何もしなければ、もう手遅れよ」であったという。この種の言葉が妻一人のときに言われているのは単なる偶然なのであろうが、なんとなく釈然としない。

## 祈りの変遷

病状の悪化に伴って、妻の祈りが次第に変化して行った。基本的変化の流れは、抽象から具象に、長から短へ、大から小へ、複雑から単純への流れであり、直截への流れである。が、妻の祈りの多くが聞かれず、それを嘆く声が多くなったのは事実である。

終わり頃には、実にシンプルな祈りとなっていた。例を挙げれば次の通りである。「ご飯が食べられますように！」、「お腹が少しでも引っ込みますように！」、「便が出ますように！」、「おしっこが出ますように！」、「歩けますように！」、「息が楽になりますように！」、「トイレまで歩いて行けますように！」、「今晩少しでも眠れますように！」等などである。

しかし、このようなささやかな祈りも聞かれないことが多くなり、妻の口から嘆き節が聞かれるようになった。いわく、「もう私の祈りは聞いてもらえない」、「いつまでなのでしょうか」、「もういい」、「しんどい」、「息苦しい」、「背中が痛い」、「眠れない」、「真っ直ぐ寝られない」、「だれでもいいから、だれか助けて」、「はやくお迎えが来ないかしら」。

「祈りは聞かれる」。これは妻の信念であった。その信念に基づいて彼女はこれまで祈ってきたのである。めぐみ園も、彼女の祈りが聞かれて誕生したものであった。ところが、今度ばかりは、そうはいかなかったのである。それだけに、「私の祈りは聞かれない」という妻の悩みは深刻であったと想像できる。「何故？　どうして？」という疑問形の祈りばかりが目立つようになった。四六時中、側にいた私には、それらの言葉が針の筵《むしろ》のように感じられ、いたたまれなくなった。勿論、いちばん辛いのは本人であることはわかっている。しかし、聞く者にも辛いものがあったのである。

## 死ぬ覚悟

五月になり、再び腹水が増え始めて、二週間の間隔を置いて二度抜水した。その段階で、病院の緩和ケアを紹介され、訪問看護を受けることになった。その病院に決めたのは、カートという画期的な技術に出会ったからである。カートの説明は別の機会に譲るとして、話を先に進める。

カートは、結果的には約二か月延命の役目を果たした格好であるが、この技術はまだ発展途上であって、諸刃の剣とでもいうべき恐ろしい文明の利器であった。二回の施術の結果、妻の体力は著しく失われ、その上にガンが胸膜に転移して、胸膜ガンとなり、胸水が溜まってこれが致命傷となった。

予定していた退院は見送られた。そして、緩和ケア外来から緩和ケア病棟に移り、それと同時に、家に帰れる希望は事実上失われたのである。在宅介護が解除され、レンタルしていたベッドや車椅子も返還せざるを得なくなったからである。

今思うと、そのとき既に死ぬ覚悟はできていたように思う。いや、死ぬ覚悟なら、とうの昔にできていた。なぜなら、九月の頭に「ステージ4」の宣言を受けたとき、彼女はすぐに「卒園証書」を書き上げていたからである。

二度目のカートの後遺症である激烈な吐き気・嘔吐の危機はかろうじて脱したものの、その時点で、もはや強力なテキであるガンに対抗できるだけの体力は彼女の中に残されてはいなかった。

胸水による呼吸困難と、背中の痛みで、眠れない夜が続き、衰弱するばかりの妻を目の当たりにして、私はなすすべを失ってしまった。その危機を救ったのが、この春柔道整復師の国家試験に合格し、介護の現場で働き出した次男のコウセイであった。彼は眠れないという妻の背中の水を押し出すようにして揉み解し、背中を平らにして寝かしつけたのである。真っ直ぐになって一晩ぐっすり眠れた妻の満足そうな顔を見るのは、私にとってもひさしぶりの幸せであった。が、とき既に遅く、死期が迫っているのを察した妻が次に取った行動は驚くべきものであった。

## 「チカさん祈って！」

日本中の緩和ケアが、ここと同じだとは思わないが、モルヒネ一辺倒のケアであることに違いはないように思う。それかあらぬか、家内が「しんどい」とか、「痛い」とか、「息苦しい」とか言うと、必ず出て来る台詞が「オプソ（モルヒネの錠剤）を飲みなさい。楽になるよ」という言葉である。薬嫌いな妻も、何度も言われているうちに、数回飲んだ。が、ちっとも楽にはならない。それどころか、便秘になって余計に苦しむのが落ちであった。でも、色々とやっているうちに、自動的かつ持続的にモルヒネを注入できる長方形の器械が取り付けられてしまった。楽になるならと家内が同意したからであるが、実際は、イヤイヤながらの同意であった。モルヒネが注入されるようになると、ボーっとするだけで、楽にはならず、人の顔を二重にも三重にも見えるようになるせいか、目を閉じていることが多くなった。

息を引き取る前日の朝、ナースコールをしてくれと妻が言う。やってきた看護師に向って「これを取ってくれ」と決然として言い放ったのである。「針だけは残しておいたら？」という看護師の言葉には耳をも貸さず、重ねて「全部」と言って譲らない妻の顔には決意がみなぎっていた。すると、細い妻の目がパッチリ開いて、「起こしてくれ」と言う。起こすと、「座ってトイレをする」という。気迫に押されて、ようやくの思いでトイレに座らせたが、力のない体を支えるだけでも大変なのに、これで大便がでるのだろうかと疑問であった。看護師も駆けつけて、とにかくやろうということになり、それは始まった。十分ぐらいすると、かなりの量がでたので、やれやれと思っていると、「まだある」と言って動かないのである。「とにかく全部出すまでやる」と言いきる妻になかばあきれながら従わざるを得なかった。

　懸命に頑張る妻。しかし、如何せん、もう力は残っていないのは明らかであった。その妻が突然長男の嫁に「チカさん、祈って！」と叫んだのである。彼女はまだ祈った経験などほとんどないのに、そのようなことに頓着なく、思わず出た言葉であった。それで、私が「カミサマ助けてください」と祈ると、「違うの、ウンチを全部出してくださいと祈るの」と妻。ポータブルトイレに座ること三十分、倒れるようにベッドに移った妻のトイレの中はウンチの山となっていた。

　そのとき私はまだその意味を図りかねていて、ただ驚くばかりであった。無事に命がけのトイレを済ませたのち、何故か彼女はわずかばかりの水分以外は一切のものを口にしなくなった。そして、久し振りに全身を拭いてもらい、あたらしい寝巻きに着替え、横になったのである。午後になってから、「もう終わりだから、子供たちを呼んでくれ」という。驚いてナースコールをすると、看護師も首をかしげて、血圧も脈拍も安定しているから今すぐとは思えない。が、本人がそう思うのなら呼んだ方がいいだろうということになり、子供たちに連絡した。近くに居た二人に問題はないが、問題は岡山と大阪にいる二人である。中でも大阪の次男は間に合うかどうか心配だったが、彼が駆けつけるまではチャンと意識があって、到着を待っていたかのように、こん睡状態になった。夜が明けたころ、安らかに私の前で息を引き取った。

私の混乱する頭の中では、いつまでもあのウンチの山がちらついていた。あれは何だったのか？　すると、妻の穏やかな死に顔が微笑んだように思った。その時私は悟ったのである。死期を悟った彼女が、その時点でなすべきことは、自分が楽になることではなく、残される私や子供たちにしてやれることをするということだったのである。すなわち、すべての体内にある汚いものを自分が生きている間にすべて出し切って、死んだ後に、それが汚物となって出てくるのを、私たちに見せたくなかったのである。なぜなら、子宮ガンで亡くなった彼女の母親を看取ったとき、その惨状を目撃していたからである。それで、その後は一切のものを口にしなかったのである。それに気づかなかった私は、なんという愚かな夫だったのだろうか。

彼女の最後の祈りは「カミサマ、ウンチを全部だすために力を貸してください」であった。この祈りは、主に届き、確かに聞かれたと私は思う。あのウンチは奇跡のウンチである。祈りは聞かれる。それが妻の最後の証しであった。


（二〇一二・八・十三）

【解説】カートとは、腹水濾過濃縮静注法の略語。抜水した腹水の栄養分を回収して体内に戻す療法。妻の場合は、腹水に血液が混じっていたのでこの療法を利用できなかったが、機器が改良されて、利用可能となり、この病院で始めての施術となった。一回目は五月で、九・一リットルを抜いて、約二か月、抜水間隔が開いて、二度目のカートを実施したのだが、結果は……。

1980年作

# 勇気ある凱旋

これらのことをあなたがたに話したのは、わたしにあって平安を得るためである。あなたがたは、この世ではなやみがある。しかし、勇気を出しなさい。わたしはすでに世に勝っている」。

（ヨハネによる福音書16・33）

四人の男の子を生み育て、すっかりメタボになった妻であったが、一年に及ぶ闘病生活によって、すっかりやせ細って、最後に乗った体重計のメモリが初対面の頃の三八キロを示したのにはさすがに驚いた。彼女は結婚前の体重に戻っていたのである。ちなみに私は、当時六二キロぐらいであった。が、彼女同様メタボのお腹を抱えていたのが、最近はその六〇キロの大台も切ってしまった。ここまで付き合う必要もないのだろうが、なんだか嬉しい気分。

## 妻の勇気

第一印象は弱々しかった。が、現実の妻は、女にしておくのはもったいないほど勇敢であった。何ものをも恐れず、逃げず、ひるまず、雄々しく戦うひとであった。ガンとの闘いでもそれは同じであったが、テキは、今まで戦ってきたどの相手よりも手ごわく、しぶとかった。さすがの妻も、弱りはて、弱音を吐くようになって行く。頼りにしていた漢方薬も、飲めなくなっては、もうどうしようもない。

そのころから、「早くお迎えがこないかな」というようになり、時折、投げやりな言動が目立つようになってきた。

病状の悪化で、緩和ケア病棟（ホスピス）への入院を余儀なくされ、私は常時妻の看護のために張り付く日が続いた。日中は長男の妻などが交代してくれるので助かるが、困るのは夜である。すっかり心細くなった妻が、夜も私を離さなくなってきた。なぜなら、看護体制が手薄になる夜が怖いからである。夜間に異常事態が発生すると、付添い人は一睡もできなくなる。そのような夜が何度かあったが、そうなると、もう疲労困憊《ひろうこんぱい》となり、限界を感じるようになる。そのような夜に、私は思わず、「このままでは共倒れだ！」とつぶやいてしまった。

そして、彼女がむかし言っていたことを思い出した。

「母がガンで家に一か月いたとき、看病に疲れて、『もう限界』と思ったことがある。そしたら、すぐに母は死んじゃったの。つらかったわ。」私もすぐに「ごめん」と謝まり、彼女も「わかってるわよ」と言ってくれたが、それから、彼女の態度が少し変わってきた。私をできるだけ夜は起こさないようにし始めたのである。それから、毎晩睡眠剤の注射を三本打つようになった。その間に私が眠れるようにという配慮である。経験から、患者本人もつらいが、看護人もつらいことがよく分かっていたのである。効かないモルヒネも副作用だけはちゃんとあるから皮肉だ。それに加えて、カートによる副作用で体力を奪われた妻に、看護人を思いやる心が残っていることなど思いがけないことであった。彼女は激しいテキの攻撃に自身の肉体は消耗し尽しているのに、心は未だ完全にはテキに屈していなかったのである。つくづくと勇気のあるひとだなあと感心する。

## 体外のテキ

妻の中に巣くった体内のテキもさることながら、体外のテキとの戦いも私たちにとっては、決してあなどれないものであった。体外のテキとは、医師や看護師たちのことである。彼らを一律にテキと呼ぶことには抵抗があるが、私たちに共通の思いは、多くの医療関係者たちが正にテキそのものであった。

最初に家内の心を傷付けたのは、医者の無神経な言葉であった。また看護師の中にも問題発言をする者がいた。その一例。「あのね。腹水の患者さんには抗がん剤はほとんど効かないわよ」。これが、一縷《いちる》の望みをもって必死の思いで化学治療を行っている患者に対しての看護師の言葉かと耳を疑いたくなる。これでは、カンゴではない。まるでカンゴクだ。

患者は病気と闘うだけではなく、医者や看護師とまでも戦わなければならない。それがこの国の現状である。とくに、現在の緩和ケア（ホスピス）の在り方、すなわち、薬漬けのケアには大きな疑問を感じざるを得ない。

緩和ケアにおいては、すべてにモルヒネが優先する。例えば、患者がしんどさや痛みを訴えたとする。そうすると、医者はすぐ、オプソ（モルヒネ）の服用を勧める。渋ると、それはモルヒネに対する偏見だという。今のモルヒネには常習性もないし、副作用も少ない。これを飲めば楽になると断言する。試しに飲んでみなさいと強く勧めるのであるが、妻の場合、それがほとんど効かなかった。

聞くところによると、モルヒネが効かない患者は一〇パーセントぐらい存在するらしい。

もし、そうなら効かない場合に備えての対策があって当然である。ところが、この緩和ケアでは、効くことを前提として、効かない患者に対する備えは全くなされていなかった。「あなたには効かなかったですね。運が悪かったとあきらめてください」と言わんばかりである。

医者がそうなら、看護師も同様である。一晩に三回の睡眠剤の注射を打つようになり、私がようやく安心して眠れるようになった夜にそれは起こった。深夜の二回目の注射のとき、看護師が妻に何かを強く勧めているような声が聞こえてきた。聞き耳を立てると、「お注射を打っても、しんどさは治りませんよ。この（モルヒネ）の濃度を上げませんか？　楽になりますよ」と何度も言っているではないか。わたしは、たまらなくなって起き出して、こう詰問した。「それは医師の指示ですか、それともあなたの判断ですか」。「私の判断です」。「では、医者の指示に従ってください。」彼女は、無言で注射をして去って行き、二度と私たちの前に姿を現さなくなった。

妻は医者の（モルヒネは必ず患者を楽にするという）偏見に満ちた発言にも、夜勤看護師の巧妙な囁きにも負けることはなかった。最後まで彼らと戦ったのである。彼らの言う「楽になる」とは、痛みやしんどさを感じなくなることである。生きている人が真に楽になるためには、意識が無くなる必要がある。が、それが生きていると言えるだろうか。臨終が近づいたとき、主治医はモルヒネの濃度を上げる延命策を取るか、それともこのままのしんどい状態のままで我慢するか、二者択一を迫った。

濃度を上げると意識がなくなることを知った私は、躊躇せず、本人の意思にまかせる旨を告げた。そのことを察したかのように、妻はモルヒネを外すことを要求し、最終段階に突入したのである。

## 地獄で仏？

苦境にあって、思いがけない救いの手が差し伸べられたとき「地獄で仏」という。これは、地獄のような所に神仏がいるはずがないという考えから出た言葉である。が、それは本当だろうか？　もし神仏が居るとすれば、地獄にこそ居るような気がする。なぜなら、人が神仏に救いを求めるのは、地獄の苦しみをしている時だからである。というわけで、地獄に仏が居るのは当然のことである。

イエスは「丈夫な人には医者いらない。いるのは病人である」（マタイ9・12）と言われた。それと同様に、「楽園に神はいらない、いるのはこの世の地獄である」と言えるのではないだろうか。イエスはまた「神の国は、実にあなたがたのただ中にあるのだ」（ルカ17・21）と言われた。この世の地獄とも思えた緩和ケア病棟のトイレの周りにいた私たちの只中に神の国が実現したとしても不思議ではない。神は天国におられるのではなく、神がおられるところが、神の国であり、天国なのである。

妻はこの一年、地獄の責め苦を受け続けてきた。最初は腹水のつらさだけで、他の痛みもなかったので余裕のようなものがあったが、症状が悪化するにつれて、腹水が臓器（特に胃と心臓と肺）を圧迫するようになってからは、言いようのないしんどさを訴えるようになったが、妻が助けを求める私は全く無力であった。地獄図とはこのことである。

このように書けば、妻の病室は如何にも暗かったように想像されるかもしれないが、実際は、不思議なことに地獄絵とは無縁の別世界であった。空き室がなかったことから入った特別室がホテルのようであったことも影響したのかもしれないが、そこに二人展の準備のために運び入れた絵や彫刻、また掛け軸などが良い雰囲気を醸し出していた。一番大きかったのは妻の言動であったように思う。

看護師が入ってきたら、必ず最初に名前を、それも下の名前を聞いてすぐ覚え、次の時には、「〇子さん、ありがとう」などと声をかけていた。すると、「あら、名前を覚えてくれたのですね。うれしい」と、たちまち自分の味方にしてしまうのである。

## 勇気とは何か？

最初に病室に運び込んだ物の中に「愛を追い求める者は、人の過ちをゆるす」(箴言)と、「勇気を出しなさい。わたしは既に世に勝っている」(ヨハネによる福音書)と書いた掛け軸があった。

勇気とは何だろうか。勇気とは戦う力である。勇気がなければ戦うことはできない。妻は自分で書いた字を見ながら、「(字に)元気がありすぎて、疲れるわ」と言って苦笑した。でも、これを見た看護師や掃除のおばさんたちは、元気が出ると言って喜んでいた。先述のように、最近の妻は勇気のあるひとなっていた。が、もうその頃には、疲れ果てて勇気は残っていないように思えた。が、それは私の思い違いであった。

本当の勇気とは自分に勝つ勇気、すなわち、自分を捨てる勇気である。彼女にはまだその勇気が残っていた。すなわち、自分が楽になる道を捨て、自分を捨てて遺される者たちのために戦った。だからこそ神は、妻に救いの手を差し伸べてくださったのではないだろうか。神は妻を救うために地獄のようなトイレの中にも入ってこられたのである。

人をゆるすには勇気が必要である。今思えば、妻にはそれがあったように思う。あったというより、最後に来て、それが自然にできたというべきかもしれない。妻は、自分を傷付け、苦しめた医者や看護師を既に許していた。その証拠に、彼らが部屋を出入りするたびに、必ず「ありがとう」という言葉を忘れなかった。その勇気はどこからきたのであろうか。勿論、それは愛の神から戴いた力であろう。

勇気と言えば、結婚した頃の妻はとても臆病なひとであった。雷がきらいで、稲光がするとしがみついてきたものである。死の前日は夕刻からひどい雷雨となった。後で聞くと、近くにも落雷があったらしい。青い顔をして入ってきた看護師が「すごかったね。こわくない？」と話しかけたら、妻は「もう、なんでもこいよ」と答えた。私は、なんでもとは、「死でもなんでも」ということだと思った。死を覚悟した者に、雷は物の数ではないのである。そこで彼女の最後の冗談(？)が出た。「雷さんのお迎えよ」。その看護師さんは元気を出して出て行った。

真の勝利とはテキを打ち負かすことではない。そのテキに元気（勇気）を与えてこそ「勝った」と言えるのである。今回、彼女に接したほとんどの人たちが、妻の死によって元気を貰ったように私には見える。私自身は勿論のこと、私の子供たちも、教会の方々も、医者も、看護師も、その他多くの人たちが元気を貰ったように思うのである。妻の勇気ある天への凱旋を心から神に感謝申し上げたい。

（二〇一二年八月十九日）

［お詫び］

医療関係者を一律にテキと呼んだのはその時の筆者の異常な精神状態を物語っているように思う。今なら、もっと違う表現になたと思われるがその時には、言葉を選ぶ心の余裕がなかった。尽力してくださった医療関係の方々にお詫びを申し上げたい。

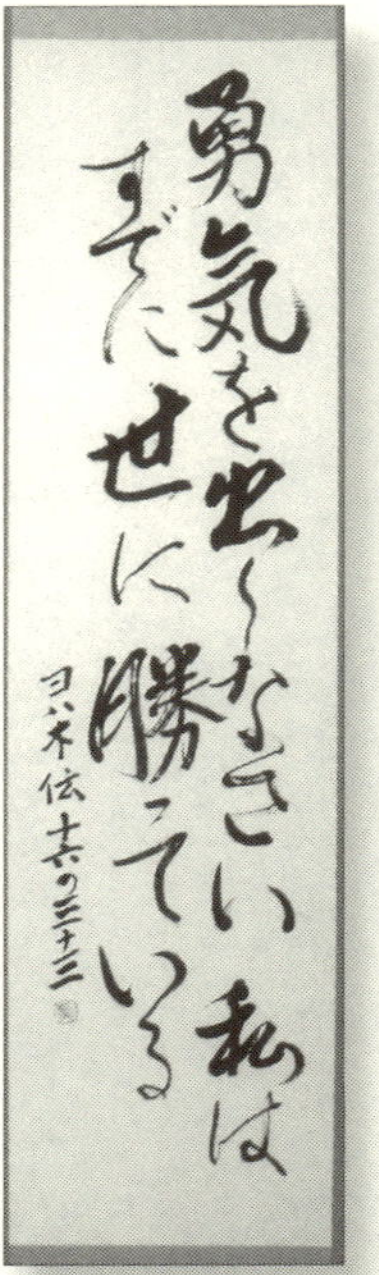


1980年頃作

# 神様のご褒美

人は自分のまいたものを、刈り取ることになる。（ガラテヤ人への手紙6・7）

妻の遺書が出てきた。これは妻の急な死で探すいとまがなく、二週間目にやっと見つかったものである。気になっていた葬儀の件については、「大事な事」と大書してあり、「私がこの世を去る時、小さなお葬式にしてください。教会の方々と家族のみです。あとで卒園生の人に知らせもらっていいです」とあった。

「教会の方々と家族だけ」という部分は、直接に聞いていたので、その通りにするように四人の子供たちに告げ、「式辞」以外は彼らにまかせていた。ところが、すでに始まっていた「二人展」を見に来た卒園生の家族が妻の死を知って駆けつけてきたり、どこからか聞きつけた人たちの中に、葬儀に参加したいという申し出などがあったりしたこと等から、初めは断っていたが、ごく一部の方々には参加していただくことにした。子供たちの勤務の関係もあって、その日のうちに前夜式をし、葬儀は翌日であり、これ以上外部にもれる心配はないと考えたのである。それでも、当日は思いがけない遠来の意外な列席者があり、妻の「家族と（野市）教会だけの葬儀」とはならなかったのは、申し訳ないことであった。が、妻の遺志は、教会と家族だけにこだわっていたのではなく、できるだけ質素にやってほしいという希望であったと受け止めているので、列席してくださった方々には、余計なご心配をなさらないようにと思う。

## 妻の遺書

夫たるもの、愛する妻の遺書を読みたいと思う者はいないであろう。ところが、不幸にして、その妻の遺書を手にとることになってしまった。表書きには何も書いていない普通の芳名録の最初の白紙の欄に「神様ありがとうございます　皆さんありがとう」と筆ペンで書かれていた。

一ページ目には、なぜか大昔に野市教会が発行していた文集に妻の寄稿文が載っている「門」第9号が挟まれていた。どうしてこのようなものがあるのか気にもしないで、直筆の部分を見ると、「2007・11・8　夜11時すぎ」と日付が打ってあった。その頃に何があったのだろうかと調べてみても、この時期には取り立てて目立った出来事は起こっていない。どうやら、何か心境の変化があって遺書を書く気になったようである。冒頭に掲げられていたのが次の二つの言葉である。

「死は勝利にのまれてしまった。死よ、おまえの勝利は、どこにあるのか。死よ、おまえのとげは、どこにあるのか」。死のとげは罪である。罪の力は律法である。しかし感謝すべきことには、神はわたしたちの主イエス・キリストによって、わたしたちに勝利を賜わったのである。（Iコリント15・55〜57）

「わたしはよみがえりであり、命である。わたしを信じる者は、たとい死んでも生きる。また、生きていて、わたしを信じる者は、いつまでも死なない。あなたはこれを信じるか」。（ヨハネ11・25〜26）

この二つの聖書の言葉が妻の信仰の原点にあったことは、かねての言動からわかっていた。だから、ある意味で「納得」であった。が、さらに読み進めるうちに、想像以上の深い意味があることを思い知らされることとなった。以下、遺書の続き。

私たち、クリスチャンにとって死はない。
肉体は滅びても魂はずっと生き続ける。
霊の身体を用意されている。
「肉の身体でまかれ、霊のからだによみがえるのである。」（Ⅰコリント15・44）
生きるのも幸せ、死ぬのもまたよろこびである
なきに等しきこの我を見つけ出だして尊い光
土の器に光らせて何も出来ない不器用なものの手をとり
教えられ　ここまで導き　生かされぬ
家庭も園でも　多くの子らを　与えられ
よろこびあふれ　日々いかされぬ
これこそ主の働きたもう証しなり
よわき者よ　悩まずに　己をむなしく　弱いまま
主に手をさしのべて　主に手をさしのべて
尊い光を受けたまえ　あふれるばかりのよろこびが
君の心に注がれる　ああ、ほむべきかな主のめぐみ

（2007・11・18）

余りにも悩み苦しみ多い時、
主を求める 力もうせて 悲しみ深き
その時さえも 主が手をもちて 引き上げぬ
ああ、われ深きふちより 助けらる
ただ助けたまえと かぼそき声も ききて光に入れたもう。
幾度も幾度も助けらる 感謝に生かされ数十年
私を教会に導いてくれた友 共に歩んでくれた友達皆に
感謝!! 明日また逢いましょう
(2007・11・19)

この後、孫たちのこと、「主よ羽をください」の四番ができたことが記され、最後に「この世での終わりの日の為に!」とあった。その時私は、この遺言状を読んでいない息子たちが葬儀でこの歌を選んだのは、決して偶然ではなかったと確信した。その四番の歌詞は次のとおりである。

主よわたしは 感謝をします 今までも 深い愛のなかで
導き守られ ここまでも歩まん 主よ私を 受け入れたまえ

（遺言はまだ半ばである。一息ついてから、さらに続ける。）
年をとることはさびしいこと 楽しいことがあっても
どんどん過去になっていくさびしさ……
時間におわれている時は そんなことは考えない
時間が出来るから考える しかし次には過去になるさびしさよりは
今まで生かされてることの感謝である 今出来ることを見つけることである。
生かされているのは何故か 何をなすべきか考えることである。
どんどん年はとる 身体もうごかなくなり 忘れるのも多くなるだろう
先のことを考えると心は沈むだろう うつになるだろう
そんな人も 多くいる しかし私たちは神様に目をむけよう
今日の一日を感謝でおわろう 祈りでおわろう「明日の事を思い煩うな」

このほかにもあるが、プライバシーにかかわることも多く、すべてを記すことは出来ないので、これで終わることにする。読み終わったとき、私は今更ながら、妻のことをほとんど理解できていなかったことを痛感させられた。彼女が遺書らしいものを書いていることは知っていた。が、これほどの深い思いで書いていたとは思いもしなかった。

遺書に書かれていることはすべて真実である。彼女はそのような思いで生きてきた。これは確かである。この遺言で、「すべてが繋がった」と私はひとり頷いた。

先に触れた「門」の文章は、妻がどうしてクリスチャンになったのかについて書かれたものである。

その中で彼女は母親のガン死について次のように述べている。「……健康な時、人間は、あれもしよう、これもしようと計画をたてます。しかし、もう治らないと言われた病、私の母様に（今はなくなっていますが）ガンというような恐ろしい病気にかかったものにとって、何の計画があるでしょう。あすもわからない命なのです。希望もないのです。今日一日生きるのがせいいっぱいなのです。しかし、キリストを信じる者には、望みがあるのです。その様な病のどん底にあっても、なお、よろこびと平安、希望があるのです。たとい、この肉体は滅んでも、再び、霊の体を与えられることを、即ち、復活できることを信じられるのです。……」

妻が、どんな気持ちで、このようなことが書かれている文章を遺書に挟んだのだろうかと考えると、胸が張り裂けそうになった。

## なぜ妻は苦しまなければならなかったのか

日ごろ妻とケイタイメールで繋がっていたクリスチャンの友達がいた。古くからの友人で、彼女もガンを患っている。妻の発病以来、以前にも増して互いに励ましあって生きてきた間柄である。妻の死を知った彼女が、とても気落ちしたのは勿論である。が、「祈りは聞かれた」や「勇気ある凱旋」などを読んでもまだ納得できないことがあって、次のようなメールが私宛に届いた。「……人間が天に帰る為に！　なぜそんなに苦しまなければならないのでしょうか。人生を神に捧げて、最後に耐え切れない様な苦しみを神は用意しているのですか？　幼い信仰の私にはどうしても納得しかねます」。

次は私の返信「人生を神様に捧げたかどうかは、試練の厳しさとは直接関係がないと思います。人はご褒美で天国に行くのではないのですからね」。「そうなんですね。ご褒美をつい求めてしまう自分がいます」。

このような応答があったが、私自身、神様のご褒美が妻にあってもおかしくないと感じていたことは事実である。そのようなとき、解約しようかと思っていた妻のケイタイに一通のメールが入った。

見ると、卒園生からであった。「卒園生より」と題したメールの主は、現役の医大生で国家試験を控えて大変な時期にもかかわらず、長文のメールであった。

ますみ先生が天に召されたと今朝方お伺いしました。最近、緩和病棟に入院されていることは聞いていたものの、春にお元気な姿を拝見していましたし、漢方薬服用されたりして懸命に癌の治療に取り組んでおられたので、大丈夫なのではないかと思っていたところでの突然の訃報で驚いています。

まだ自分の中ではやや現実味に欠けております。先生には本当に長い間お世話になりました。

残念ながら私自身は覚えていなかったのですが、私が園生の時に、ある雨の日に屋根から滴る水滴をひたすら観察し続けていたのがとても印象に残っている、ということを先生が嬉しそうに何度かおっしゃられていて、私としてもその度に嬉しく感じておりました。

先生から時々御連絡頂いておりましたが、御返事がなかなかできなかったことを大変申し訳なく思っております。最近は先生のお体がやや気にはなりつつも、結局御連絡差し上げられませんでした。

医学生として失格です。私には欠陥が有り過ぎて、正直な話、将来まともな医師になれるのかかなり不安ですが、人の痛みを分かる医者にはなれるよう努力する所存です。幼稚園時代のこと、小学生の時にピアノ・歌を先生から教わっていた時のことなど、思い返すと本当に色々な思い出が蘇ってきますが、キリが無いのでここら辺で失礼致します。本当に長い間お世話になりました。そして、お疲れ様でした。先生、安らかにお眠りください。

このメールを早速送ったところ、次の返事が来た。

「医大生なんですね。今回、服部先生ご夫妻が病院、医者との信頼関係が結べないまま、どんなに辛い思いをされたかを考えると、この学生の存在は大きいですね。この子の幼児期に関わったますみ先生、服部先生の存在がまた大きく感じます。先日から服部先生を困らせている『神様からのご褒美』の件。神様は間違いなく素晴らしいご褒美を用意されていたんですね。近視眼的な考え方しかできない自分に反省です。お二人が身をもって体験された医療現場と患者側のすれ違いを、こういった若い医学生が変えて行ってくれると信じたいです。ますみ先生のお働きが実を結んでいた!! これからその実は世の中の為になって行く! 感謝です。ますみ先生! よかったですね」。

ご褒美と言えば、神はまだまだ沢山のご褒美を用意してくださっていた。そのうちの一つが、「二人展」である。入院していた病院の好意で思いがけなく作品展を開くことができたのは、妻にとっても大きな喜びであった。ほんの思いつきで始まった企画であったが、そこには深い神の配慮があったと思えてならない。なぜなら、それによってまったく意外な展開が待ち受けていたからである。

私がはまず驚いたのは、掛け軸の文字が力強いことであった。が、それは表面上のことに過ぎなかった。彼女の生涯は、ここに書かれた聖書の言葉の通りであり、ただ、お気に入りの聖句を並べただけでない。重要なことは、その力強い筆跡がみ言葉の意味を考えさせる力があるということである。

今回冒頭に掲げた「人は自分のまいたものを刈り取る」という言葉もまた、まことに彼女にふさわしい。

二人展の会期は、当初八月三十一日までであった。が、私の文「勇気ある凱旋」を読んだ病院側が、「文の中で、医師や看護師をテキと表現したことに躓く者がいる。相談がある。一度来てくれ」という電話が入った。私はそのことが起こることを予想はしたが、やはり病院がわかってくれるのは無理だったかと内心がっかりした。すぐに撤去の支度をして、翌日病院に赴いた所、思いがけない展開が待ち受けていた。

それは、病院の事務部長であるT氏の言葉から始まった。開口一番こう切り出されたのである。「ここに書かれていることを真摯に受け止め、改善すべきは改善し、今後の病院の発展のために役立てたいと思っています。」我が意を得た私は、思いを込めて熱く語ること約三十分。T氏は熱心に聴いてくださった。私はそれだけで嬉しく、これも神様からのご褒美だと妻に報告した。ところが、ご褒美にはおまけまで付いていた。翌日、T氏から返信用封筒付で、次のような手紙がきたのである。

「～お話の中で、第三版があるあるとおっしゃっておられました。おかまいなければ拝見させていただきたく、別添えの封筒にてご送付いただければ幸いです」とあった。彼は本気だったのである。

「人は自分のまいたものを刈り取ることになる」という妻の書を、本当にそうだなあ、と思いつつ見て、「これも神様からご褒美だね。良かったね」と言ってあげた。もっともしたくなかったガン死を、神はなぜか私の妻に賜った。その理由はわからない。が、ひとつだけわかっていることがある。それは、神は決して妻の信仰（信頼）を無にはなさらなかったということである。これでT氏に渡す第三版が完成した。神に感謝！

（二〇一二・八・二六）

【解説】遺書があることは知っていたが、混乱していたので、発見が約二週間遅れてしまった。通常の遺書と違って、約五年前に書き始められていた。何かのきっかけがあって書き始めたのであろうが、その思いの深さに驚嘆し、感動させられた。

室戸岬：1977 年作

## 「人間と死」「門」第1巻9号復刻版（昭和五一年）

服部ますみ

私たち人間は何故死ぬのかしら？　と考えたのは、小学校のいつごろだったでしょう。そして中学校に入り、まだ解決のいかないままに高校に入り卒業し、その疑問の頂点に達したのですが、丁度その時、私は救われたのです。即ち、その問題の解決を見出すことが出来たのです。この死の問題を考えたことがある人も多いでしょう。あるいは、恐ろしいいろんな病気にうち勝って、治りたいと思われる方も多いでしょう。どんな病気になっても、早く治りたいのは誰もです。しかし、「ガン」と聞くと、皆はこわがるのですが、何故でしょう。それは「死」を意味するからではないでしょうか。不治の病とされているからだと思うのです。しかし、人間は何年長生きしたとしても、必ず死ななければならないのです。事故でか、老衰でか、いずれにしろ死ななければならないのです。

私は、この死の問題にとりつかれ、いろいろな書物も読みましたが、どれでも解決が得られなかったのです。自分で一人苦しみ、虚無に陥り、何をしても面白くなく、空しく、生きることへの疑問を持ったのです。何のために人間は生きるのか、人生の目的は何なのか、哲学書まで持ち込みかじりつきました。でも、やはりだめでした。そして、自殺まで考えましたが、実行する勇気もなく、友人にさそわれて教会というところをはじめて知りました。

聖書を学び、イエス・キリストの復活という事実を知り、人間も、否、自分も生きかえると信じることが出来、人生の問題、何のために人間は生きているのか、何故死ぬのか……といった私の長い間求めて来た問題は、解かれたのです。

人生の意味、これは死というものを解決しない限り、見出し得ないと思うのです。そんなことはないよ、人生はおもしろい、楽しいよ、いや、そこまで考えないよ、つきつめて考えないよと言われる方も多いかもしれません。でも、どうして、この大切な問題を考えないのでしょう。ある人は、また言われるのです。考えていたら生きておれないよと。またある人は、考えている間がないと。また別の人は、この世はこの世だ、あの世はあの世さと。また、この世しかないよ、人間は死んでしまったらおしまいだよと、そう言って、自分を納得させせなぐさめておられる。でも、この死の問題を解決したことにはならないのです。

私たちは、今、現に生れてきています。自分で生まれたいと思って生れてきたわけではない。

人間が人間の手で人間を造ったわけでもない。意志しなくとも、ここに今、存在しているのだから、必ず死もおとずれる、死にたくなくとも死は必ずやってくる。

詩篇49篇には、

たとい彼が生きながらえる間、自分を幸福に思っても、

またみずから幸いな時に、人々から称賛されても、

彼はついにおのれの先祖の仲間に連なる。

彼らは絶えて光を見ることがない。

とありますが、無に帰するのではないのです。すべての人がそのしわざに応じてさばかれるのです。

ヨハネの黙示録20章12~15節に、

「また、死んでいた者が、大いなる者も小さき者も共に、御座の前に立っているのが見えた。かずかずの書物が開かれたが、もう一つの書物が開かれた。これはいのちの書であった。死人はそのしわざに応じ、この書物に書かれていることにしたがって、さばかれた。海はその中にいる死人を出し、死も黄泉もその中にいる死人を出し、そして、おのおのそのしわざに応じて、さばきを受けた。それから、死も黄泉も火の池に投げ込まれた。この火の池が第二

の死である。このいのちの書に名がしるされていない者はみな、火の池に投げ込まれた。」とある様に、すべての人が、そのしわざに応じて、さばかれるのです。この肉体がなくなったら、おしまいではないのです。必ず、もう一度さばきがあるのです。そう聖書は教えています。しかし、イエスを信じる者は、永遠のいのちを受けることができるのです。

ヨハネによる福音書11章25節に、「わたしはよみがえりであり、いのちである。わたしを信じる者はいつまでも死なない。あなたはこれを信じるか」。また、同じ福音書3章16節に「神はそのひとり子を賜ったほどにこの世を愛してくださった。それは御子を信じる者がひとりも滅びないで永遠の命を得るためである。」とあります。

健康な時、人間は、あれもしよう、これもしようと計画を立てます。しかし、もう治らないと言われた病い、私の母の様に（今はもうなくなっていますが）ガンというような恐ろしい病気にかかったものにとって、何の計画があるでしょう。あすの命もわからないのです。希望もないのです。今日一日生きるのがせい一杯なのです。しかし、キリストを信じる者には、望みがあるのです。その様な病いのどん底にあっても、なお、よろこびと平安があるのです。たとい、この肉体は滅んでも、再び、霊の体を与えられることを、即ち、復活できることを信じられるからです。

「『今から後、主にあって死ぬ死人はさいわいである』」。御霊も言う、「しかり、彼らはその労苦を解かれて休み、そのわざは彼らについていく」。（黙示録14・13）

「死は勝利にのまれてしまった。死よ、おまえの勝利は、どこにあるのか。死よ、おまえのとげは、どこにあるのか」。（Ⅰコリント15・55）

イエス・キリストは死にうち勝たれたのです。だから、イエスを信じる私たちも死に打ち勝つことができるのです。これはなんとすばらしいことばではありませんか。このことを信じるか信じないかは、一人一人の問題ですが、幸いにして、この小さな私は、常に身体も弱く、母の死をまともに見、友人や友人のお母さんの死にも会い、常に死を知らされていましたが、それがかえって、知らなくてはならない死について、考えることができたのです。この世における不幸が、その時は苦しくとも、神様は、大切なものに目を開かせてくださったのです。私は、性格的にも、体格的にも、体力的にも、能力的にも、弱いところだらけの人間でしたが、一つ一つ、その壁をやぶって、生きることができるようになりました。パウロがコリント人への第二の手紙11章30節に「わたしは、自分の弱さを誇ろう」と言っているように、もしも、私が自分に自信があったなら、きっと、神様に頼らず、自分の力で生きたことでしょう。そして、永遠の命も信じないかもしれません。しかし、今はまだ病気がちで、ちょっと無理をすると、あちこち悪くなるような身体ですが、まだ生かされ、動くことができ、働けるのは、ただ神様の恵みとあわれみのおかげと、感謝にたえません。

死は、私がイエス・キリストを信じる前までは、恐ろしい、悲しい、寂しい、暗いイメージでしかありませんでした。そして、何をしても、このかげがついてまわったのです。イエス・キリストを信じることができてからは死のイメージは、死に打ち勝った心からの喜びと、希望と、明るさ、嬉しさに変わったのです。

もちろん、今の私が全く未知の世界への不安はないというのではありませんが、心のよろこびは、以前のやる気のなさとは反対に、何でもしたくて、生きることに意味を見出すことが出来たのです。

詩篇23篇

主はわたしの牧者であって、
わたしには乏しいことがない。
主はわたしを緑の牧場に伏させ、
いこいのみぎわに伴われる。

主はわたしの魂をいきかえらせ、
み名のためにわたしを正しい道に導かれる。
たといわたしは死の陰の谷を歩むとも、
わざわいを恐れません。
あなたがわたしと共におられるからです。
あなたのむちと、あなたのつえはわたしを慰めます。
あなたはわたしの敵の前で、わたしの前に宴を設け、
わたしのこうべに油をそそがれる。
わたしの杯はあふれます。
わたしの生きているかぎりは
必ず恵みといつくしみとが伴うでしょう。
わたしはとこしえに主の宮に住むでしょう。

**【解説】**「門」は、野市教会の月刊誌として発行したもので、この月は妻の担当になっていたらしい。後年、何かのときに、ひょこっと出てきたのを、保存してあったもの。

# 神様のご褒美と自分の十字架

「だれでもわたしについてきたいと思うなら、自分を捨て、自分の十字架を負うて、わたしに従ってきなさい。」（マタイによる福音書16・24）

妻の訃報を聞いた人たちから、弔意を表す通信が様々な伝達方法で寄せられている。中でも手紙によるものは有難く読ませていただいている。その中に、私が獄中書簡と呼んでいる刑務所からの手紙があり、痛く感激したので皆様にもお分かちしたいと思う（この方との交流を描いた『塀の中のキリスト』ヨベル、2015年をご参照ください）。

服部先生様
八月一二日午前五時五五分にますみ様が昇天された急報を一四日に受け取りました。

無念の一語です。「主よ、何故に正しく生きてこられたますみ様なのですか？　と天を仰ぎ見ました。服部家（野市キリストの教会）の上にある深い哀しみに哀悼の意を表します。そして、ますみ様の見事な最期の所作（メッセージ「祈りは聞かれた」）に、私は感服しました……。

ご内儀ますみ様が、この世に生きた福音人生にハレルヤ、ハレルヤ、ハレルヤの三唱をもって私は弔意といたします。

ますみ様の死は、すべての終わりではありません。永遠のいのちの始まりです。また生きている者の心にその光が、福音となってとどまり、私たちはそれを大いなる学びとしなくてはなりません。

先生、ご苦労様でした。ますみ様へのガンの宣告（ステージ4）から今日に至るまでの礼拝メッセージと、霊的所作はご立派で見事でした。ますみ様との一体（一致）した信仰の歩みと、苦闘（共闘）の日々から与えられた御二人の生きた信仰は光り輝いていました。

先生は主に信頼し、決して希望を失わず、苦難苦悩と果敢に戦う福音の勇者(戦士)でした。無論、これからもそうです。そして、先生は物を書く人です。「祈りは聞かれた」を含めて、御二人がガンを相手に戦った日々を世に問うべきです。

一日たりとも、奇跡のウンチを風化させてはならず、ますみ様のエン・クリストオの者として生き様と、真っ向からガンと対峙された厳しく過酷で、壮絶な死にようは未来永劫に語り伝えて行かなくてはなりません。

獄舎で神を賛美する者ですが、私はそう思います。またそれが野市キリストの教会員の人たちの誇りある使命ではないでしょうか……。

妻の遺書の中に彼のことが一言触れられている。それは、「受刑者からの手紙で知らされた主のめぐみ恐ろしい程不思議である」というものである。恐ろしい程不思議なめぐみとは、「アメイジング・グレイス」ということである。この遺書の日付が二〇一〇年九月四日になっているから、獄中書簡第2号が届けられた直後のこと。手紙が書かれた日付は八月二八日である。まる二年、しかも未だ顔を合わせたことのない二人が、手紙だけの、しかも私を通しての間接的付き合いで、これほど深い交わりを持てたことは、それこそ恐ろしいほど不思議なめぐみであると言わなければならない。なぜなら、まだ全貌があきらかになっていない段階で、遺書に記すべき価値があることを妻は既に確信していたからである。まことに恐るべき霊的洞察力である。

## 妻の賜物（タラント）

過去にも妻の書に目を留め、これを評価してくださった方はあった。が、その言葉の意味にまで思いを致して感動してくださる方はあまりいなかったように思う。私自身、彼女の書の実力は認めつつも、その持てる賜物の大きさには気づいていなかった。それがこの二年ぐらいの間に、彼女の書に対する私の見方が随分変わってきたように思う。きっかけは、森本倫代さんが新しくされた墓石に、「愛を追い求める人は、人のあやまちをゆるす」と刻まれたことであった。彼女がそうされたのは、妻の書にある聖書の言葉に強く打たれたからであると後で聞いた。そこで、改めて見て、なるほどと妻の書に対する認識を改めた覚えがある。

次に妻の書の価値を認めてくださったのは、なんと刑務所のTさんであった。彼は写真に写っていた掛け軸の字が、私の手になるものと思い込んで私をほめてくれたのだが、妻のものであることを知って、さらにほめる言葉に力が入っていた。

人は妻をすごい人だと言う。芸術関係では書道以外にも、絵も音楽もやるし、音楽では、ピアノ、声楽、マリンバ、作詞作曲までこなす。語学も、英語だけでなく、フランス語、ロシア語、イタリヤ語、スペイン語、ドイツ語なども、かなりのレベルに達していた。かじったのは中国語、韓国語、ヘブライ語、ギリシャ語まであった。それだけではない。点字や手話もやった。手話などは、手話通訳の講座に通うほど熱心であった。その妻が、六〇歳を過ぎてから運転免許証を取得した。しかも一発（？）で合格して、バリバリで運転し始めたのだから、ビックリ仰天である。その影響で、一念発起して免許を取る人やバイクの免許に挑戦する母親が出る等、昔から、周囲に対する影響力は抜群であった。が、本来の彼女は、そのようなスーパーウーマンでは決してなかった。前回に紹介した「門」の中にそのことは記されている。

「私は、性格的にも、体格的にも、体力的にも、能力的にも、弱いところだらけの人間でしたが、一つ一つ、その壁をやぶって、生きれるようになりました」と。

妻が発病したことを知ったある人が、「ますみ先生は不死身だと思っていました」と言われたことがあるが、実は、元来は病弱であった。「門」にも「もしも、自分に自信があったなら、きっと、神様に頼らず、自分の力で生きたことでしょう。そして、永遠の命も信じないかもしれません。しかし、今はまだ病気がちで、ちょっと無理をすると、あちこち悪くなるような身体ですが、まだ生かされ、動くことができ、働けるのは、ただ神様の恵みとあわれみ（のおかげ）」と、感謝にたえません。」と書かれている。

彼女の二人の姉は優等生で、何でも出来たが、自分はいつも上の二人に比べられて、肩身の狭い思いをしてきたと、彼女はよく言っていた。弟さんもよく出来たらしいから、その時の思いが、かえってナニクソ魂を刺激してガンバリ屋にしたのかなあと思っていた。が、それは一つの側面であって、妻をして、ここまで頑張らせたのは、実は、彼女の信仰だったような気がする。

妻のような人を、人はタラントの豊かな人と呼ぶ。が、彼女自身は、自分のタラント（才能）を高く評価している風ではなかった。ほめられると、「いえいえ、まだまだです。大したことはありません。好きでやっているだけです」と答えるのが常で、そのことが返って反感を買う場合もあったが、大抵の場合、謙遜だからそういうのだと受け取られていたように思う。

彼女の「やる気」が何処から出てくるのか、私も不思議であった。が遺書にそのヒントがあって、そうだったのかと初めて納得した。それは、「今出来ることを見つけることである。生かされているのは何故か。何をなすべきか考えることである」。という言葉である。

妻は、今自分に出来ることを見つける達人であった。だから、常に何かをしていた。しかも夢中になって。何にでものめり込み、ある程度の結果がでるまでは決してあきらめなかった。その多様な好奇心に私は圧倒され、驚き呆れたものである。が、それは皮相の見方であった。生かされている自分には成すべきことがあるはずだと彼女は考え、「これだ」と思い立つと、「それが自分の使命だ」と言わんばかりに真剣に取り組んだのである。勿論、興味のないことに手をだすようなことはなかったが、いつかは主のために役に立つかもしれないという動機から始めたことは間違いないと思う。

ロシア語を始めたのは随分昔のことであった。発音が好きだから、ただそれだけが動機だと思っていた。が、今思うと、いつか主の（伝道に）役に立つという思いがどこかにあったような気がしてきた。というのは、そのような機会が来ると、「待ってました」とばかりに活用できたからである。バーニー先生がロシアに行かれ、その機会が実際に与えられ、大いに役に立った。それは普段からそのような心構えで生きていたからこそ出来たことである。勿論、日の目を見なかったような習いごとも数多くあった。例えば、日本舞踊、お琴、染色等などである。この中には、一応のレベルに達し、師範の資格まで取ったものもある。そして、そこで知り合った方々との付き合いも、ただの世間的付き合いを超えたものがあり、多くの人に福音的影響を与えていたように思う。

これらのことは、私には全く欠落していた部分である。誰とでもすぐ友達になる妻を見ていると、その自由な行動力がうらやましかった。でも、自分にはできないと初めからあきらめていた。牧師としては失格である。が、妻はそれを意識していたのか、していなかったのか、そこのところはよくわからないが、私の欠けた所を補って十分すぎるほど十分であった。もっとも、時には出過ぎることも「無きにしも非ず」であったが……。

## 自分の十字架とは?

イエスは、「自分を捨て、自分の十字架を負うて、わたしに従ってきなさい」(マタイ16・24)と言われた。自分の十字架とは何なのか。また、なぜ自分を捨てる必要があるのだろうか。これは、私にとって永遠のナゾであった。が、妻の死を見届けた今、彼女にとっての十字架が何であったのか、それだけはわかったような気がする。

自分の十字架が何であるかを知るには、イエスの十字架が何であったかを知らなければならない。

イエスは十字架につけられる前、「この杯を、私から取り除けてください」と三度も祈られた。が、結局は父の御心に従って十字架の死を選ばれた。イエスは肉の自分を捨て、霊の自分に生きることを決心されたのである。イエスにとって十字架は、自分を捨てること無しでは不可能だったのである。

妻は自分の母の死や友人たちの死を身近に感じ、若いときから死の問題に悩んできた。しかし、教会に導かれ、聖書を知り、キリストの福音、すなわち、復活のイエスに出会い、死の問題を解決することができた。このことは「門」の中に詳しく記されている。死の問題を解決した妻に、もうこわいものはなく、身体の弱さも、能力の低さも、神に頼ることで克服し、一つずつ壁を破って、多くの人からスーパーウーマンと言われるまでになったのである。が、彼女にはまだこわいものが一つだけあった。それは、ガンで苦しんで死ぬことである。死ぬことはこわくない。しかし、ガン死だけはいやだと彼女は思っていたにちがいない。多感な娘時代に、母親のガン死を見届けた妻にして、無理からぬ願いであり、是非にも聞き届けてほしい祈りである。褒美があるとすれば、これこそが彼女に相応しかったと、私は今でも思う。が、神は何故かガン死を私の妻に賜ったのである。これは厳然とした事実である。人は事実の前には無力であり、沈黙するほかはない。が、沈黙のままで終ってはならない。なぜなら、物を言う前に、また沈黙する前に成すべきことがあるからである。それは事実を直視することである。

あの奇跡のウンチを見たとき、私は妻の中で何かがはじけたような気がした。はじけたというより、乗り越えたというべきかもしれない。とにかく、妻の中で何かが始まったような、変化の始まりのような気配を感じたのである。その時は、何が起こったのか詳しく分析する余裕もなく、ただ驚くばかりであったが、今冷静になって考えてみると、真実が少しずつ見えてきたように思うのである。

（二〇一二・九・二）

服部 稔・画：2013 年作

# 死で終わらない人生

だから、愛する兄弟たちよ。堅く立って動かされず、いつも全力を注いで主のわざに励みなさい。主にあっては、あなたがたの労苦がむだになることはないと、あなたがたは知っているからである。

（コリント人への第一の手紙15・58）

妻がこの世を去って丸四週間が過ぎた。これで五回目の日曜日である。夏休みも終わり、孫娘が週日には学校帰りに立ち寄るので、夕食作りを再開した。普段通りの日常が帰ってきたのだが、何か落ち着かない日々が続いている。しなければならないことは山ほどある。が、なかなか腰が上がらず、後片付けなど、家事のほとんどが手付かずのままである。それでも、牧師としての務めについては、むしろ充実している。次から次に、天の軍勢に加わった妻から指令が来て、その対応に追われているのが実情である。私の中で、霊は熱しているが、肉が冷えているという逆転現象が起きているようだ。

## 明日もわからぬ命

最近は「遺書」を読み返すことが多い。内容もさることながら、筆ペンの筆跡に惹かれて、つい手が伸びるのである。最初の頁には、第一コリント書15章の言葉が力強く書かれてある。筆跡に連れられて、私は「復活の章」と呼ばれるこの章を、いつしか読み返していた。そうしているうちに、次々に霊的開眼というか、復活のからだに関しての新しい目が開ける経験をさせられた。

これは、「わたしを信じる者は、たとい死んでも生きる」というイエスの言葉が妻の中で実現していることにほかならず、私の妻の復活信仰が本物であったと確信させられたのである。遺書にも「私たち、クリスチャンにとって死はない」とあるように、「死んでも生きる」ということが実際に実現しているのを、目の当たりにするのは、遺された者にとっては大きな励みであり、喜びであり、慰めである。

復活とは何か。それは死に打ち勝つことである。死に勝つには死の力を滅ぼす必要があるが、それはキリストの復活によって既に始まっているとパウロは言うのである。

「最後の敵として滅ぼされるのが死である」（Ｉコリント15・26）を、織田　昭先生は「最後の敵である死が廃止される」と訳しておられるが、さすがだと思う。死が廃止されるということは、死がその（効）力を失うということである。死の力とは何か。それはすべてを終らせる力である。

復活とは、その死の力を無効にすることである。死は終わりではない。キリストは自分を信じる者は死んでも生きることを、十字架と復活において証明されたのである。すなわちキリストは、死の力が無効になり、死人がよみがえることの最初の人（初穂）となられたのである。初穂であるから、彼を信じる者たちも同じ復活のからだが与えられるのである。私の妻は自らの復活を信じて死んだ。そして今、死が終わりではなく、始まりであることを数々の働きをとおして証明しつつある。まことに、ハレルヤである。

さて、死の力に支配されているこの世の人たちは、死がすべての終わりであるとする。だからこそ、彼らは「死人がよみがえることはない」と言うのである。その人生観から出て来る生き方の典型が「明日もわからぬ命なのだから、飲み食いをしようではないか」（Ｉコリント15・32）という考えである。

この刹那的な人生観と対極にあるのが、私たちの復活信仰である。この肉の命は明日もわからぬ命であるが、死ですべてが終るのではない。キリストを信じる者は、たとい肉体は滅びても魂は生きる。

主にあって生きている限りは、その人生に無駄や失敗はない。だから、生きている間は「主の業に励みなさい」（Ｉコリント15・58）とパウロは勧めているのである。ちなみに、織田先生の意訳は次のとおりである。

「主にもっともっと働いていただきなさい。主ご自身の働きではちきれなさい」。

## 死人の復活とは？

パウロは、「死人の復活も（蒔かれる種と）また同様である」と言う。

朽ちるものでまかれ、　朽ちないものによみがえり、
卑しいものでまかれ、　栄光あるものによみがえり、
弱いものでまかれ、　強いものによみがえり、
肉のからだでまかれ、　霊のからだによみがえるのである。
肉のからだがあるのだから、　霊のからだもあるわけである。（Ｉコリント15・42～44）

確かに、「人は自分のまいたものを刈り取ることになる」。が、主にある者は蒔いたものをそのまま刈り取るのではない。「朽ちるものでまかれ、朽ちないものによみがえり、卑しいものでまかれ、栄光あるものによみがえり、弱いものでまかれ、強いものによみがえり、肉のからだでまかれ、霊のからだによみがえるのである」。これこそ福音である。

私は今まで、復活ということを抽象概念として理解していた。だから、「肉のからだがあるのだから霊のからだもある」と言われても、それが具体的な意味をもって迫ってくることはなかった。が、こんどばかりは、具体的かつダイナミックな復活像に圧倒されてしまった。

私たちがこの世で蒔くものは、朽ちるもの、卑しいもの、弱いもの、すなわち、肉の身体が生み出すものである。どんなに、良いものを蒔こうとしても、そこには自ずから肉の限界がある。すなわち、肉のからだが生み出すものは、朽ちるものであり、不完全であり、未熟であることは免れず、不十分なタネマキに終始せざるを得ない。が、それらが、主にあって成されるなら、朽ちないもの、栄光あるもの、強いものに変わり、ついには、自分自身が霊のからだによみがえらせて戴く栄誉を与えられる、それが復活であるとパウロは言うのである。

「死人が生き返るはずがない」というのが、この世の常識である。復活は、あの世のことであって、この世とは関係がないというのが、復活に関する一般的理解である。私自身、「肉のからだでまかれ、霊のからだによみがえる」というのも、そのような意味に解してきた。が、パウロがここで言っていることは、その様な観念論ではないことを、妻の死とそこから始った一連の出来事が教えてくれたのである。

死が、その効力を失うこと、それが死人のよみがえりであるという明確な復活観が、妻の死をきっかけにして、私にグイグイと迫ってきた。その結果、復活の章の言葉一つ一つが、あたかも自分の手で触って確かめているかのように、実感を伴って、頭にではなく、胃の腑に収まるようになった。今の私にとって、復活は最早「絵に描いた餅」ではない。実際に食べることが出来る(実在する)餅なのである。

## 呑み込まれた死

「死は勝利にのまれてしまった」とは、如何なる意味なのか。「勝利」とは、神の勝利である。では、神は如何にして死に打ち勝ったのか。それは、死のトゲである罪の呪い(覆い)から人間を解放し、死の力を無効にすることによってである。死が勝利に呑み込まれたとは、このことである。
　また主はこの山で、すべての民のかぶっている顔おおいと、すべての国のおおっているおおい物とを破られる。主はとこしえに死を滅ぼし、主なる神はすべての顔から涙をぬぐい、その民のはずかしめを全地の上から除かれる。これは主の語られたことである。（イザヤ書25・7〜8）
　「遺書」の冒頭に掲げられた勝利宣言は、今や現実になった。妻は、死のトゲである罪から開放され、自由の身にされたのである。だれでも、主にあるなら、如何に卑しく弱い土の器であっても、その労苦が無駄になることはないのである。私自身、「死で終らない人生」でありたいと思う。

（二〇一二・九・九）

## 神の公平と不公平

天国は、ある家の主人が、自分のぶどう園に労働者を雇うために、夜が明けると同時に、出かけて行くようなものである。彼は労働者たちと、一日一デナリの約束をして、彼らをぶどう園に送った。……さて、夕方になって、ぶどう園の主人は管理人に言った、『労働者たちを呼びなさい。そして、最後にきた人々からはじめて順々に最初にきた人々にわたるように、賃銀を払ってやりなさい』。そこで、五時ごろに雇われた人々がきて、それぞれ一デナリずつもらった。ところが、最初の人々がきて、もっと多くもらえるだろうと思っていたのに、彼らも一デナリずつもらっただけであった。もらったとき、家の主人にむかって不平をもらして言った、『この最後の者たちは一時間しか働かなかったのに、あなたは一日じゅう、労苦と暑さを辛抱したわたしたちと同じ扱いをなさいました』。そこで彼はそのひとりに答えて言った、『友よ、わたしはあなたに対して不正をしてはいない。あなたはわたしと一デナリの約束をしたではないか。自分の賃銀をもらって行きなさい。わたしは、この最後の者にもあなたと同様に払ってやりたいのだ。自分の物を自分がしたいようにするのは、当りまえではないか。それともわたしが気前よくしているので、ねたましく思うのか』。（マタイによる福音書20・1～15）

最初に雇われた人の不平不満はよくわかる。ようするに「不公平だ」と言うのである。確かに、一時間しか働かなかった者と一日中働いた者が同じ一デナリの賃金では不公平である。労働時間からすると十分の一ぐらいになり、「それはないだろう」と言いたくなるのも無理はない。十デナリは無理でも、「せめて二倍ぐらいは貰える」と期待するのが普通の人間である。この世ではそれが常識であるが、天国ではこの世の常識が通用しないというのが、イエスの天国の譬え話の趣旨なのであるから、ここで神の不公平をいくら言い募っても何の役にも立ちはしない。が、一般論としてはわかっていても、イザ自分や自分の親しい人のことになると、本気で「神は不公平だ」と言い出す人が多いように思う。

## 公平の基準

この不公平感はどこから来るのだろうかと考えてみた。それは、公平の基準をこの世での取り扱い（処遇や境遇）に置いているからだろうと思う。言うところの「公平」とは、人は働きに応じた処遇を受ける権利があるというもので、まさに、（譬え話の）最初に雇われた人の言い分と同じである。

私の妻が苦しいガン死を賜ったことを知った友人たちの中に、共通して見られた反応がある。それは、「神様は不公平だ」とか、「神様はなぜ生涯を神に捧げた人に耐え切れないような苦しみを与えられるのか」といったような不満や疑問である。これは、不満や疑問と言うより、妻に対する同情や悔しさが入り混じったようなもので、感情移入と言った方がよいのかもしれない。というのは、その多くが女性たちからの声だからである。

彼らは、自分が不公平な取り扱いを受けたと言って憤っているのではない。もしそうであるなら、彼らの立場はあの最初の者と同じである。が、彼らは私の妻の偽りのない信仰の生涯を知っているからこそ、主の取り扱いに承服することができないのである。いわば、これは私憤ではなく、義憤である。しかし、義憤だからと言って、それが正しいとは限らない。義憤の影に私憤が隠れていることがあるからである。

## 報酬の公平と裁きの公平

不公平感の出所は、報酬の公平が保たれないことにある。報酬の公平はこの世の基盤であって、平和と秩序の維持のために無くてはならないものである。これが崩れると、秩序は乱され、心の平安が失われる。それ故に、この世の人間社会においては、報酬の公平こそ最も必要不可欠なものであるといえるのである。それは、家庭、学校、会社、地域社会、国など社会組織の大小にかかわりがなく、間違いなく、第一の用件である。

では、神の国には公平の問題はまったくないのだろうか。もしそうであるなら、それは何故なのだろうか。それがわからない。

公平に二種がある。それは報酬の公平と裁きの公平である。この世の肉の人は報酬の公平を求めてやまない。なぜなら、それはなくてならないものだからであるが、もう一つの裁きの公平については、自分が利害関係者にならない限りはほとんど無頓着と言ってよい。が、神の国においては、こちらが先決である。聖書が問題にする公正も、この裁きの問題である。

昔の人々に『殺すな。殺す者は裁判を受けねばならない』と言われていたことは、あなたがたの聞いているところである。しかし、わたしはあなたがたに言う。兄弟に対して怒る者は、だれでも裁判を受けねばならない。兄弟にむかって愚か者と言う者は、議会に引きわたされるであろう。また、ばか者と言う者は、地獄の火に投げ込まれるであろう（マタイ5・21〜22）。

ここでいう「裁判」とは、直接的にはユダヤ人議会（サンヘドリン）のことで、「神の裁き」のことではない。が、イエスの念頭にあるのは、明らかに後者である。ユダヤ人議会が兄弟喧嘩にまでかかわっていられないのは誰にでもわかることだからである。兄弟に向って怒ったり、愚か者やばか者と言ったりすることまで、いちいち裁判にかけていたら、たちまち議会機能は麻痺してしまうのは目に見えている。だから、イエスが考えておられたのは、「本当の裁きとは何か」ということだったのである。

この世の裁判は神ではなく、人が裁く。人が裁くのだから、イエスの譬えの中の不義な裁判官の話のように、間違いや不公平は付き物である。人が公正な裁きを望むのは当然のことではあっても、現実はその当然のことが望むべくもないのが実情である。ところが、神の裁きは、別な意味で厳しいとイエスは言われる。なぜなら、人殺しをしなくても、馬鹿と言うだけで地獄の火に投げ込まれるというのだから、考えようによっては、不公平極まりないと言わなければならないからである。そのように考えたら、イエスがここで言われていることは、ある意味ムチャクチャである。曰く、「だれでも、情欲をいだいて女を見る者は、心の中ですでに姦淫をしたのである」。曰く、「もし、あなたの右の目が罪を犯させるなら、それを抜き出して捨てなさい。……もし、あなたの右の手が罪を犯させるなら、それを切って捨てなさい」等など、このようなバランスを欠いた裁きは、この世にはないものである。神の裁きの公平（公正）さとはいったい何処にあるのだろうか。

裁きの公平といい報酬の公平といい、私たち人間が求める公平は、結局は「比較の公平」

である。比較の公平とは、他人と比較しての公平さであって、いわば相対的公平である。これに対して、神の公平は「絶対の公平」である。絶対的公平は、神と人が一対一の関係にあって初めて成り立つ。神と人が一対一の関係にあるとは、互いに相手を「あなた」「わたし」と呼び合う関係である。たとえ話の主人が「友よ、わたしはあなたに対して不正をしてはいない」と言ったように、神は自分を信じる者に対してした約束は必ず守られる。その意味で、神は絶対に公平である。

## ヤコブとエサウ

不公平といえば、ヤコブとエサウという兄弟の取り扱いは、不公平そのものに見える。エサウは長子の特権を軽んじ、それを一杯の「あつもの」に代えてしまい、頼みの「父の祝福」もヤコブとリベカに騙されて失ってしまった。これをもし人が裁いたら、非はヤコブの側にあると判断されるところである。ところが、主は逆の裁きをされた。その判断の基準はどこにあったのだろうか。

エサウの生涯を顧みると、彼は終始、周囲の人間を相手にして過ごしていた。父イサクが鹿の肉を好んでいたので、狩りの得意な彼はそれを頼みにしていた。また、ヘテ人の妻たちを愛し、イサクとリベカを悩ませた。彼は一度も神のまえに一人立った経験がなかった。

これに対して、イサクは、常に主を意識し、主の前に歩んでいた。特にヤボクの渡しでの出来事が印象的である。そこで彼は神の人と相撲を取ったのである。相撲は、一対一でする格闘技である。信仰とは、神と一対一で対峙する格闘技なのではないだろうか。ヤコブは神と一対一で対峙したが、エサウにはその経験（信仰の戦い）がなかった。「信仰がなければ神に喜ばれることはできない」（ヘブル11・6）とはこのことである。

このときヤコブは始めて主より「イスラエル」の名を与えられた。天の父は、ただひとりの父としてすべての人に接してくださる。それが真の平等であり、公平なのではないだろうか。全ての人の父である神は、神の子となった者に対して、ただ一人の父として個別に相手をしてくださるのである。神が不公平であるように見えるのは、他と比較するからであって、神との間に、「あなた」と「わたし」の信頼関係が出来上がっている者にとっては、神のなさることは常に公平であり、平等である。主の前にあっては、我と彼を比べてはならない。

（二〇一二・九・一六）

# そうかしら精神

八日ののち、イエスの弟子たちはまた家の内におり、トマスも一緒にいた。戸はみな閉ざされていたが、イエスがはいってこられ、中に立って「安かれ」と言われた。それからトマスに言われた、「あなたの指をここにつけて、わたしの手を見なさい。手をのばしてわたしのわきにさし入れてみなさい。信じない者にならないで、信じる者になりなさい」。トマスはイエスに答えて言った、「わが主よ、わが神よ」。イエスは彼に言われた、「あなたはわたしを見たので信じたのか。見ないで信ずる者は、さいわいである」。（ヨハネによる福音書20・26〜29）

妻の死から早一か月以上が過ぎ去った。が、未だに夢枕に立ってくれない。きっと、天の軍勢としての仕事が忙しいのだと思う。考えてみれば、今までに妻の夢を見たという記憶がないので、このまま、もう現れないのかもしれない。などと思いながらも、不思議に折に触れ、妻の言葉やしぐさを思い出すことが多くなった。「あんなことを言っていたが、それはこういう意味だったのか」などと、大切な霊的真理を悟らされ、それをそのまま語る（書く）のが今の私の仕事のようになった。妻とは有難いものである。

## 「そうかしら？」

最初に妻の「そうかしら」を聞いたのは何時だったのか、それは今となってはわからない。が、おそらく、結婚後間もなくのことであったと思う。学生結婚であった私たちの生活は、大阪聖書学院近くのアパートで始まった。貧乏学生の私は、近くのガソリンスタンドでアルバイト。妻は「甲子園幼稚園」や兵庫県の山奥まで行ってピアノ教師や音感教室の先生をしていた。言うまでもないことだが、彼女の方が、はるかに収入が上であった。

学校は火曜日から金曜日までで、土日月と休みであったが、土曜と月曜はアルバイトがあり、日曜日には、大東キリストの教会での奉仕。というわけで、まったく休みなしの毎日であった。丁度織田先生がギリシャ留学中で、留守をまかされていた。だから、午前中は日曜学校と礼拝があり、私は説教も担当していたので、その準備に追われていた。

その頃から、日曜日はいつも行動を共にしていたので、ほとんど毎日曜日、私の説教を聞いてきたから、回数にすれば、生涯で二千回以上にもなるはずである。だから、私の説教についての最も厳しいお目付け役であった。最初の「そうかしら」は、私の信仰的見解に対して発せられたように思う。

彼女は、とにかく人の意見を、それが誰の意見であっても、鵜呑みにしない人であった。特に、信仰や聖書に関することでは、一切の妥協を許さず、自分で納得の行くまでは頷いてくれなかった。私の話を聞いた後で、「アレはどういう意味?」と聞くので、説明すると、「そうかしら?」とくるのである。私の若い時の説教は、とにかく理屈っぽかったので、その説明を求めてきたのである。そのころの私は論理的思考を最も重視していた。その関係で、説明も論理的といえば聞こえは良いが、その実、実感の伴わない通り一遍の説明に終ってしまうことが多かった。が、彼女が求めていたのは理屈や論理ではなかったのである。

**【明石=野市】メール特急便**

この題名を明石の松下牧師に知らせたところ、次のような返信があり、目が開かれた思いがした。

今晩は、題名だけで明るい光が差し込んで来る感じがします。「そうかしら」は、きっと奥様の口癖ですね。何でも自分の目で見、手で触れ、確かめようとした人なのでしょうか。特に信仰の歩みにおいては、素晴らしいことですね。主のなさること、また御言葉についても、ただ聞くだけではなく、自分自身に問い掛け、また自分自身で確認することは大事なことだと思います。

次は私の返信。

良いコメントを戴きました。感謝！　そのとおりです。「そうかしら精神」は、物事を疑ってかかる科学者の精神ではなく、それが本当かどうかを自分で確かめようとする自分への問いかけなのです。家内が「そうかしら」という言葉を使うのは、まず自分自身に対してだけだったと思います。それが、結婚して心を許す者ができて、私に向って「そうかしら」を連発することになったのだと、今気づきました。その証拠に、「そうかしら」が彼女の口癖であったことを知っている人は、私以外にはほとんどいないのですから。疑問ではなく、信頼から来た「そうかしら」だったのですね。ハレルヤ。

「自分自身に問い掛け、自分自身で確認する」とは、ただ人に聞くだけ、すなわち鵜呑みにするのでなく、聞いたことについて自問自答することである。言われるように、自問自答の精神こそ、彼女の「そうかしら精神」の源泉にあったように思う。自問自答とは、わが目で見、手で触って確かめることである。が、神のみ業やみ言葉について、どうすればわが目で見、わが手で触って確かめることができるのであろうか。それは彼女にとっても大きな問題であったように思う。

信仰的諸問題を、実際に、わが目で見、わが手で触って確かめるとはできない。では、どうすればよいのか。それは、わが身で霊的経験（実験）をする以外にはないと思う。すなわち、エン・クリストオの実践である。

## トマスの疑い

イエスが復活されたという知らせを受けたとき、トマスは、「わたしは、その手に釘あとを見、わたしの指をその釘あとにさし入れ、またわたしの手をそのわきにさし入れてみなければ、決して信じない」（ヨハネ20・25）と言った。彼は、よく疑い深い人の代表のように言われる。が、彼が特別に疑い深いのではない。彼は普通である。なぜなら、死人が生き返ったと聞けば、だれでも、その人が目の前に現れなければ信じないと思うからである。すなわち、復活のような奇跡は、見ないうちは疑うのが当たり前であって、見て初めて信じる（認める）ものだからである。

イエスは、「あなたはわたしを見たので信じたのか。見ないで信ずる者は、さいわいである」と言われた。確かに、イエスの弟子たちの中で「見ないで（復活を）信じた」人はいたかもしれない。が、多くの人々が口には出さなかったが、半信半疑の状態であったのではないだろうか。トマスは特別に疑い深かったのではない。彼は自分の疑問（そうかしら？）を口に出す勇気を持ち合わせていたに過ぎないのである。では、「見ないで信ずる者はさいわいである」と言われたイエスの真意はどこにあったのだろうか。

見ないで信じることが何故さいわいなのであろうか。

そのように考えてみたとき、一つのことに気がついた。何かを見ないで信じるとき、自ずと心に湧いてくるものがある。それは何だろうかと思い巡らしているうちに、ある言葉が浮かんできた。

「目に見える望みは望みではない。なぜなら、現に見ていることを、どうしてなお望む者があるだろうか」（ローマ8・24）

見ないで信じる者の心に自然に湧き出るもの、それは希望である。

では、見て信じることから、人は何を得られるだろうか。何もない。ただ、復活のイエスの目撃者であるということから得られるものは何もない。また、復活の目撃証人＝キリストの復活を信じる人（クリスチャン）という図式は成り立たないのである。

では、どうすれば（復活のキリストを）見ないで信じることができるのであろうか。それを可能にするのはただ一つ、キリストに対する信頼だけである。

「さて、信頼は、望んでいることの権利証書であり、まだ見ていない事実の確認書（の働きをするもの）です。」（ヘブル11・1、私訳）

ラザロの復活のとき、イエスは、「主よ、もしあなたがここにいてくださったら、わたしの兄弟は死ななかったでしょう」と言ったマルタに、こう言われた。「あなたの兄弟はよみがえるであろう。……わたしはよみがえりであり、命である。わたしを信じる者は、たとい死んでも生きる。……あなたはこれを信じるか。」（ヨハネ11・25）

この場合の「信じるか」は、「私を信頼するか」という意味である。信頼するとは、事実を見ないで結果はその人に委ねるということである。すなわち、その方に対する信頼ゆえに希望をその方に託する、それが、その方を信じるということである。
「信仰（信頼）は、望んでいることの権利証書……まだ見ていない事実の確認書である」とはこのことである。見ないで信じるとは、神への信頼ゆえに望んでいること、すなわち、自らがあがなわれ、よみがえらされることを、事実として確認し、これに希望を抱いて生きることである。主はそのような信仰（信頼）を、わたしたちに望んでおられるのである。まことに、「信頼（信仰）がなければ、神に喜ばれることはない」（ヘブル11・6）のである。

（二〇一二・九・二三）

# 妻の遺言状

兄弟の皆さま方、まだ言い残したことがあります。何でも本当のこと、大事なこと、正しいこと、美しいこと、人から好かれること、評判の良いこと、何か人の役に立つこと、人にほめられるようなことがあれば、そのことを心の小づかい帳に書き留めてください。わたしを見習うことによって学んだこと、わたしから受け取ったこと、聞いたこと、見たことがあれば、それをみんな行ってください。そうすれば、安心を与えてくださる神さまが、あなたがたと一緒にいてくださるでしょう。（ピリピの人たちへの手紙4・8〜9「子どものための私訳」）

居間の模様替えをするために戸棚を整理していたら、妻が遺した沢山の書き物が出てきた。和綴じのノートで、俳句集が一冊、それに七冊の詩や文である。何か書いていることは知っていたが、内容については全く分かっていなかったので、読み進めているうちにその内容に戦慄を覚えるほどの衝撃を受けた。それは遺書を見つけた時と同様、いや、あの時は、ある程度の予想はしていたので心構えができていた。だから、何とか対処できたが、今度は予期していなかったので、不意打ちを食らったようで、一撃で打ちのめされてしまった。これだから、妻には未だに頭が上がらないのだ。

## 思いのままに

「思いのままに」と題され、一九九六年九月二三日（月）の日付がある。初めの数ページには聖書の言葉が墨書されていた。いずれも妻の支えとなった聖句である。そして、次のように書き出されていた。

「わたしの日、この世での日が終わる前に、私は書きとめておきたい。私には残すものはそんなにない。また、書くべきこともそんなにない。しかし、あふれ出るよろこびをここに書きのこすべきであろう。新しい生命に生きられる者の幸せを皆に知らせたい。私は小学生の頃から死についていつも考えていた。……」

私は直感した。これが本物の妻の遺言状だと。私の直感は正しかったが、その内容は想像以上であった。この話を私の古希の誕生日に、この野市の会衆の前で披露することになったこともまた、とても偶然とは思えない。「思いのままに」の続きを記す。

「……それは多分、大好きだった母方の祖父の死（私の小四年の時）からかもしれない。人は何故死ぬのか。死ねばすべてが終りになるのか。人間は何の為に生きているのか。生の意味は何なのか、など私にとって分からないことばかりだった。死という壁を越えることが出来なかった。その為にひまになると、すぐ考えこんだ。人間はいつか死ぬ……死ぬ為に生きるのなら、若いうちに死んだ方がましではないのか。私の疑問、生に対する不安は高校時代にピークに達したが、そんな時に教会に行った。四月に行って十二月に受洗した。……」

その後のことは、「人間と死」（１９７６年『門』）と重複しているので割愛する。が、考えてみると、この時から20年後になるまで、いやその後も妻はずっと同じことを考え続けていたことになる。しかも、その原点は小学四年生の時にあることになるのだから驚きである。中に「私が灰になる日」という作品がある。

## 私が灰になる日

私が灰になる日
その日は
私が身体
この肉体から離れる日
誰もがこの日が来る
しかし誰も自分のこの日は
すぐには来ないと思う
自分だけはまだ来ないと！
この肉体が永遠に
ある様に思っている
しかしそうではない
百年だってすぐにくる

私もいつの間にか
年をこんなに取っている
百の半ばをすぎてしまった
あなたも私も灰になる日がくる
その日の前に永遠への道を
知らなければ後悔しても遅くなる
どうにもならなくなる
私は思う
この日が来る時よろこびの日となるだろうと
「死ぬる日は生まれる日に勝る」と
「死よ、お前のとげはどこに行ったのか」と

復活の希望によって死を克服した妻の喜びは、受洗をした高校の時から生涯を通して消えることはなかった。すべては自身の復活にかかっているというのが妻の信仰であり、それを人々（自分の子どもたち、日曜学校の子どもたち、園の子どもたち、そして友人たち）に伝えたいと

いう一心で牧師志望の私と結婚し、そのまま生涯を全うしたのである。勿論、紆余曲折もあり、迷いも疑いもあったに違いない。手記にはそのことが隠すことなく書かれている。

ピリピ書のパウロのように、目標を目指して信仰聴聞の道を邁進した妻の生涯が余すところなく書かれている。が、妻の生涯で大半の時間を占めていた多彩な活動について、どのように考えていたのであろうか。

「……私の中に、まだまだやらねばならないこと、やりたいことがある。許されれば、そうしたい。なきに等しい者の存在をここまでやる気を起こさせてくださったことを、私は知る。人は私の外をみて、多彩とほめる。しかし、私はその言葉より、これを起させ使ってくださっている主を見てほしいとのみ願う。土の器をフルに主に使ってもらうことのみが私の第一の願いである。……〝主はおられる。生きておられる。今も、わがうちに。〟」（以降は重複するので省きます。）

# 私の心よ（続 妻の遺言状）

私の心よ
私の心よ　何故に沈むのか
何故にそんなにさびしいのか
何を私に知らせたいのか
今では、すきなものを食べ
すきな物を着　すきなことが出来る
殆どの人がある程度の
すきな生活を楽しめている
しかし皆何かに追われているように忙しく
考えるひまがあるのか
子供たちも小さい頃から学ぶのに忙しい

私も幼児教育をしていていつも迷う
子供は社会の一員であり、社会の思うように動かされている
親がそうだから　親を見て育つ
この頃私も思う
歌を毎日歌っていて
他のことをしたくても……
一つのことをある程度ものにするには長い道のりがいる
努力がいる　我慢がいる
そのことは大切だが、もっと大切なことを
おろそかにしていないだろうか
私の心はそれを教えようとしているのではないか
主がそれを知らせてくださっているのではないか
子供たち・母親達の救いのために！（1978・16）

前回に続いて、妻の遺言を聞く。「私の心よ」と妻は自分に問う。これは、自分の心を客観

視しようという試みであろう。この頃の妻は声楽に打ち込んでおり、舞台に立つ準備に追われていた。が、絵も描きたい。何もしたいという思いに駆られていた。にもかかわらず、心は沈み、寂しい。心よ、何故に沈むのかと問いかけているのである。

今は昔と違って、好きなことができる時代である。私たちの子どもの頃は、食べる物も、着る物も、住む所も思うに任せず、我慢の時代であった。が、殆どの人が生活を楽しむことができるようになった。が、子どもたちの様子を見ていて、妻はある疑問をぬぐい切れずにいたようである。親も子も、何かに追われているように忙しくしていて余裕がない。そういう自分も、幼児教育をしていていつも迷いがある。それは何故なのか。なぜ、心が沈み、晴れないのか。忙しい時間を割いて、声楽の練習に宛て、尚かつ、主婦として、幼稚園の先生として、牧師夫人としての仕事をしながらも、習いごとも複数こなす忙しい日々が続いていた。それなのに、この寂しさは何なのだろうと妻は考えたのである。

何かが足りない。何か大事なことを忘れている。この心の寂しさは、主からのサインではないかと気づいたとき、最も大事なことに思い当たり、「園児達、母親達の救いの為に」と結んだのである。

「無くてならないものは多くはない。ただ一つだけである」と言われたイエスの言葉が思い出される。

## 時は流れていく

時は流れていく
音も立てず
一時も止まらないで
流れて行く
昼食の準備をしながら考えていると
車がひっきりなしに通って行く
あたかもそれは時を追い立てるかのように
あわただしく
いそがしく
時は流れていく
一時も待つことなしに

## 私の心よ（続 妻の遺言状）

私の頭の中に海が見える
大きな波がおしよせてはかえる
人が産まれまた去っていく
海の波の法則に従って
生まれ去る様に
時は今も流れている
二十数年前出逢った人々の中で
今いない人も数名いる
その時若かった人も
今老人となっている
時は流れる
どんどん流れる
水の流れの様に
だまって黙々と流れる
何が起こっても

知らないふりして
流れている

この「時は流れていく」という詩は、立ち止まって自分を客観視しようとしても、時の流れにながされて、なかなかそのことができない焦りから生まれたような詩である。それは最後のフレーズによく表れている。特に、「知らないふりして」という所は実に鋭く時の本質をとらえている。こっちはこんなに焦っているのに、知らないふりして、どんどん流れる時への、苛立ちを含んだ思いが伝わってくる。確かに、時は何が起こっても、何事もなかったかのように、淡々と時を刻む。阪神淡路大震災の時もそうだったし、今度の東日本大震災でもおなじであった。まさに何があっても時は音もなく黙々と流れている。その流れの中で、人は産まれ死んで行くのだ。これこそ究極の無常観である。

知らないふりとは、知っているということにほかならない。本当に知らないことと「知らないふり」とは天と地との開きがある。すなわち、神はすべてをご存じである。ご存じでありながら、時の流れはだれにでも平等に及ぶのである。もし神が存在しないのであれば、この世は何とむなしいことであろうか。

その時に何があったのか、神は見ておられる。人の声もしっかり聴いておられる。ただ、知らないふりをしておられるだけなのだ。「時は流れていく」の続きは次の通り。

メトロノームがひとふりする間に
如何に音楽的に表現するかが
音楽家の大切な仕事であるように
時の流れ　時代
十年を一区切りとするならば
その一区切りの間を
いやたった一日を　如何に
有意義にすごすかが　私の問題、課題なのだ
十年二十年いや約三十年が
この土地に来て経とうとしている
私共のしてきた仕事
それはどの様なのだろう

そっと振り返る時をもたねばなるまい
自分自身の時を止まらせて
ちょっと　時よ　とどまっておくれ！

私の妻は、自分の時を止めて何をしようとしたのであろうか。流れに掉さすことはできない。それは時の流れに限らない。「情に掉させば流される」と漱石が草枕の冒頭で言っているとおりである。

人間はエンジンというものを開発して川の流れを遡ることに成功した。この文明の利器は空気の流れにも流されない飛行機をも生み出した。今では、ロケットで宇宙空間に飛び出すことも出来る。が、時の流れだけはどうすることもできない。妻の望みは、神の声なき声を聴くことだったのではないだろうか。年が明けて、一九九八年元旦の日付がある文にこう記されている。

新しい年が始まった　私たちの仕事は決して無駄ではない……と　この頃
少しずつ　思えるようになった　卒園生が手紙をくれたり　入学（大学）したことを

知らせに来てくれると　とてもうれしい　主人の書いている説教集も
私の友人たちも読んでくれているし　種まきは少しずつでも　できていると思う
実るか実らないか　私共には分からない
しかし　きっとどれかがみのるだろう
種まきは　時にはつらい　それがみのると分かっていれば
つらくはないだろうけど　やっていることが
目にみえてよい結果が出ないと　つらいと思ってしまう。

神の答えが聞きたい。これがそうなのか。あれがそうなのか。それともこれか。結果が知りたいのである。実《み》をこの目で見たいのである。結果を求めるなと人は言う。が、結果を求めずして種をまく人がいるだろうか。まく以上は結果が欲しいのは当然である。妻の辛さは、私もまったく同感である。

結果が出た時、声なき声を聴いたような気がする。だから嬉しいのである。

主よ　どうしてなんでしょうか

あなたは魚を求めてへびを与えられない筈ではありませんか
パンを求めて石を与えられない筈ではありませんか　と言ってしまう
しかし　それでもなお　望みを捨てない
もっともっと深い御旨を信じて待つことが大切なのではないかと思うから……
以前もそうだったことがある
結婚の相手を選ぶ時も主は私の見えない眼をあとで開いてくださった
私はその時は全く何も見えなかった　しかし　主は備えてくださっていた
「主の山に備えあり」アドナイエレである。

いきなり自分のことが出て来て驚いた。しかも、結婚当時は何も見えていなかったとか、眼が開いたとか。いったい何を見たというのであろうか。残念ながら、それについては何も書いてない。昨日、K子さんの訃報を聞いた。一昨日にはS・Kさんの訃報が入っていた。気を取り直して、妻の遺言状のページをめくっていたら、高知医大病院に入院しておられたK子さんの名が出てきた。導きだ。主は生きておられると強く思った。

# よろこびをもらう（続々 妻の遺言状）

## わが涙よ

悲しみの涙が
　よろこびの涙に
わが重荷が
　よろこびの荷物に
わが苦しみが
　よろこびの光に
かわってほしい
下を見ると

おとるばかり
上を見るには
余りにまばゆすぎる
そんな日もある

妻のいない二回目のクリスマス。今年はその妻にメッセージをプレゼントしてもらった。以下は妻の手記。

「一九九八年一月二三日　今朝図工を教えていた。次は俳句とひかり組の子に言って子供らがそれぞれつくり出した。としき君は早く出来て〝先生！　一番上手だったら何がもらえる〟と言った。また、なおちゃんも〝やったら何かもらえる？〟ときいた。物があふれてる世の中なのに……私はかなしくなって言った。〝どうしてそんなことをいうのかなあ。何かしたらもらうの？　もらいたいためにするの？　いろんなことをするのは何の為なの？　自分が出来るよろこびをもらったり、人の為になることが出来るよろこびをもらうためではないの？〟と言った。

〝うん〟ととしき君は言った。何かをもらうために競争して人よりよくなりほめられる為にのみことをするかなしさよ。ものを貰うためにすること、何になる。人のことのはかなさを知る。」

私の妻は、奥歯に物が挟まっているような言い方を嫌っていた。そのせいか、自分もはっきり物を言う人であった。だから、ここに記されているような出来事はさして珍しいことではなかった。そのために人に誤解されることもあったが、子どもたちは、子ども心ながら、そのような妻から得るものが大きかったのか、よく話を聞いていたように思う。が、子どもたちに理解できる言葉は限られていたように思う。妻がいちばん心配していたこと、それは何であったのか。

希望はただ天にある
　この地上に何の希望があるだろう
上からさす光がなくて
　何のたのしみがあるのか
重々しい世の風がふきすさぶ

きかざって堂々と手をふって
わがもの顔で虚偽が走りまわる
しかし　その身体は
きたない泥で今にもくずれそうだ
しかし　人は　上べにだまされている
そして　それについていく
だから共にほろびてしまう

愛する子供たちよ
虚偽のあとをついて行くな！
真実の方へ　目を向けよ！

虚偽とは何か。虚偽とは上辺だけを取り繕って、着飾ってはいるが、その実、中身のない空っぽの人間のことである。幼児教育をしている者にとっては、そのことだけが心配であり、気がかりなのである。特にめぐみ園は英才教育だと噂されていたから、なおのことであった。

私たちの望みは、そのような上辺のことではなく、一人一人の魂の贖われること、それがめぐみ園を始めた目的である。が、真実の方へ目を向けてくれた者が果たして何人いただろうか。それを思うと、「虚偽のあとをついて行くな！」と叫んだ妻の気持ちがよく分かる。

## 貰って嬉しいプレゼント

クリスマスと言えばプレゼント、プレゼントと言えばクリスマス。それほど切っても切れない関係にある。が、相手が貰って嬉しいプレゼントをすることはそれほど簡単なことではない。その証拠に、クリスマスに限らず、プレゼントで、私自身が貰って嬉しかったという記憶は殆どないに等しいというのが正直なところである。

プレゼントを日本語で言えば贈り物である。嬉しい贈り物とは、心のこもった贈り物のことである。「ほんの心ばかりの物ですが」という常套語は。考えてみれば、日本語として可笑しい使い方である。心がこもっていなければ、どんなに立派な物でも、決して人を喜ばすことはできない。だから、まず心のこもっていることが先決である。心とは、感謝の心であり、愛情であり、思いやりである。物そのものは付け足しに過ぎない。喜びを貰うのが目的であって、物を貰うのが目的なのではない。そこをはき違えるから、貰っても嬉しくないプレゼントばかりが増えるのである。贈り物にとって、心が本、物は従であることを忘れてはならない。

## いのちの贈り物

「神はそのひとり子を賜ったほどに、この世を愛してくださった。」（ヨハネ3：16）とあるように、神はいのちを私たちに賜った。クリスマスはそのことを神に感謝する喜びの日であり、それと共に、楽しみ、すなわち、希望を貰う日でもある。贈り物（プレゼント）は貰うが、喜びも希望も貰わないのであれば、クリスマスに何の意味があるだろうか。

妻の遺言状にある言葉の中で、繰り返し出てくるのが「喜び」と「希望」である。希望とは何か。希望とは楽しみである。人はなぜクリスマスを楽しみにするのか。それは希望があるからではないだろうか。希望と呼ぶのがふさわしくないというなら、期待と言ってもよい。暗い世相の中であるからこそ、幸運を期待する心理が働いたとしても不思議ではない。

子どもの頃、正月がわけもなく楽しみだった。勿論、お年玉を貰えることも、お節料理を食べられることも楽しみだった。が、それよりも嬉しかったことは、忙しい商家の日常から解放されて、家族団欒の時が与えられることであった。今でも思い出すのは、炬燵を囲んでの「ミカン釣り」。今思えば、他愛のない遊びであるが、それが最も楽しいひと時であった。

その時こそ、与えられた命が最も喜ぶ時だからである。

## 涙の意味

希望はただ天にある。それが妻の信仰であった。が、天に帰るまでの道のりは険しく、困難であり、悲しみの涙の絶えることは無かったと言っても過言ではない。それでも妻には信仰があった。悲しみの涙が喜びの涙に、肩の重荷が喜びの荷物に、苦しみが喜びの光りに替えられる日が来ることを信じていたのである。

妻といえども人の子、つい、下を見ることもあったであろう。下を見たら、きりがないし、上を仰ぐと眩しすぎる。そのような日々の中で、懸命に主を求めたのである。

## 私の生命の日（この世の）の終わる時

私の生命の日が来る時
その時は私の　ぬけがらだけだけど
どうぞ　季節の花を持ってきてください

そして　私のボディのそばに入れてください
私はその時そこにはいない
主の元にいるんだけど
泣いてくれる人がいたら　泣いてください
そして　笑ってください
私が少し早く
イエス様の元に行っているだけなのだから
皆を待ってます
私はこの日を楽しみにしてました
救い主をじっと待って　何百年も過ごした
ユダヤ人の様に　私も主の日を　待ってました
その為にのみ生きた……
と言っても過言ではないでしょう

# 道程

「散歩の勧め」の一部を地元紙に投稿したところ、久しぶりに採用され、15日の朝刊に掲載されていた。二回連続でボツだったので、話題を柔らかい物に変えたのが奏功したらしい。

あれから思い出散歩が、さらにエスカレートして、距離と時間が長くなってきた。昨日は、赤岡の海岸まで足を延ばした。途中、赤岡の忠霊塔のある丘に立ち寄った。港へも初めて行った。海岸は昔のままで、土佐湾の向こうの雄大な太平洋の奥行きを暗示するような、穏やかな中に迫力のある波が打ち寄せていた。やはり、琵琶湖や瀬戸内の海にはない迫力がある。

帰りに、「かとり」でお昼を済ませて歩き出したら、靴底に違和感があり、何かが挟まったのかと調べたが、何もなかった。どうやら、歩き過ぎて、マメができかかっていたらしい。

歩きながら色々のことを考えた。景色が変わると気分も変わる。気分が変わると考えることも変わる。というわけで、いつの間にか自分の人生の歩みについて考える「思い出散歩」

をしていた。すると、不意に、「ぼくの前に道はない。ぼくの後ろに道は出来る」という高村光太郎の「道程」の一節が口を突いて出て来た。と言っても、出て来たのはそこまでで、後は家に帰ってからネットで確かめた。すると、意外な事実が判明した。教科書でお馴染みのあの「道程」は、百何節かから成る長編詩の最後の七節であることが判明したのである。出だしはこうである。

どこかに通じてゐる大道を僕は歩いてゐるのぢやない
僕の前に道はない
僕の後ろに道は出来る
道は僕のふみしだいて来た足あとだ
だから
道の最端にいつでも僕は立つてゐる

これで初めて、「なるほど」と納得できた。すなわち、この詩の冒頭の句「ぼくの前に道はない。ぼくの後ろに道は出来る」は、自分という人生の道においては、自分が最先端（先頭）にいるという認識に立ったものであることが良く分かったのである。

僕の道は、僕が生まれた時から始まったのではない。その始まりは人類の始まりに端を発している。だから僕は、人類の全歴史を振り返って、戦慄するのである。勿論、その戦慄の原因には自分自身の幼い苦悩も含まれている。そして、子としての使命を感じ取った結果、彼は肩にずしりと重み感じるようになるのであるが、それもそのはずである。なぜなら、彼は人類の歴史の歩みの先端にいて、そのすべての過去を背負って、人の子として歩いているからである。彼は言う、

「人間は鮭の卵だ／千万人の中で百人も残れば／人類は永久に絶えやしない／棄て腐らすのを見越して／自然は人類の為め人間を沢山つくるのだ／腐るものは腐れ／自然に背いたものはみな腐る／僕は今のところ彼等にかまつてゐられない」


人間を鮭の卵に例えるとは如何にも乱暴に過ぎる。が、彼は人間を鮭の卵と同列においているのではない。なぜなら彼は、「勇ましく同じ方へ歩いてゆく人間」を見て喜び、奮い立っているからである。実際、鮭の卵たちは他の卵たちの運命には無頓着である。が、人間は違う。他が気になりつつも、自分が生き残るためには、他は構っていられないと言っているのである。

他人には他人の人生があり、自分には自分の人生がある。そして、自分の前に道はなく、自分の後に道ができる。この世に生を受けたすべての人間の数だけ人生があり、それは世界で一つだけの人生である。しかも、その人生の後ろには共通の父の存在があり、そこから始まった命なのである。

人は誰でも自分の人生の先頭に立っている。後ろにある道を振り返って見ると、「曲がりくねり……迷ひ迷った……滅びかけ……絶望に閉ぢ込められ……幼い苦悩にもみつぶされたあの道」が見え、戦慄する「僕」がいる。それでも彼は父を信頼する子として、前を向いて歩き出す。

はじめは一歩も踏み出せなかった彼であったが、歩けという自然の声に促され、父に突き放されたようにして歩き出す。その力となったのが、自憑《じひょう》の境地に達したことである。自憑とは、己に頼むことである。それまで彼は父に頼んでいたのだが、この境地を得て、ようやく歩き出す。が、彼の前には道がない。あるのは広漠とした原野のような風景。花が咲き、川が流れ、石があり絶壁がある。しかし、不気味な静けさに包まれた、恐ろしい地の果てに行くように感じて、彼は父に祈る。すると父は、「その風景の間に僅かながら勇ましく同じ方へ歩いてゆく人間を 僕に見せてくれる」のである。

ここに二つの問題がある。一つは自分の前に道がないこと、もう一つは己を頼みとする境地に問題はないかということである。道がないということを否定的にとらえる必要はない。なぜなら、道がないということは、自由があるということだからである。花を愛で、野原に寝転がろうが、川で遊ぼうが、はたまた崖を上り、谷を下ろうが、何をしようが自由である。が、自由ほど心細いことはない。人生は、道なき荒野をさまようことに外ならない。だからこそ、時にさびしくなったり、胸のすく程の深呼吸をしたりするのである。

次に、己を頼みとすることについて、彼が何故その心境に至ったかを考えてみよう。結論を先に言う。彼は己の力を頼みとしたのではない。何故なら、自分と同じ方向に歩いて行く人間を見て、その中に父の命が流れていることを見て、己の中にも同じ父の命が流れているのを確信し、己の中にある父の力を頼みとしたのである。父の手になるこの大自然の原野を歩くためには、力の源である父に頼む以外にはない。我が人生の先頭に居て、過去を引きずっていては、肩が重くなる。が、ここまで自分を生かしてきた命の力を我が中に入れるなら、話は別である。「自分を自分らしく伸ばす」ためには、我が中にある父の力だけが頼みなのである。

私の人生は、私の誕生と共に始まり、私の死と共に終わるように見える。が、実際は父によって始められた命のリレーの最終走者であるに過ぎないのである。私の命は間違いなく人祖までつながっていて、この命の完結が私（服部稔）の死なのである。私が何歳で死のうと、これまでの年月を思えば、物の数ではない。

この世に生を受けた者の数だけ人生がある。これこそが父の栄光の現れでなくて何であろうか。教科書で私たちが知っている『道程』は最後の七行である。

子供は父のいつくしみに報いたい気を燃やしてゐるのだ
ああ
人類の道程は遠い
そして其の大道はない
自然の子供等が全身の力で拓いて行かねばならないのだ
歩け、歩け
どんなものが出て来ても乗り越して歩け
この光り輝く風景の中に踏み込んでゆけ
僕の前に道はない

僕の後ろに道は出来る
ああ、父よ
僕を一人立ちにさせた父よ
僕から目を離さないで守ることをせよ
常に父の気魄を僕に充たせよ
この遠い道程のため

人生は前人未踏の原野に足を踏み入れることに外ならない。私の死によって完結する私の人生は、私だけの人生であり、唯一無二であり、死んだ人の数だけ人生がある。それは父の子としての人生であって、父の栄光の現れにほかならない。(服部稔)

## 再提出

あることから、長年手付かずだった園舎の片付けを始めた。何しろ、5年前の妻の発病以来、かまぼこ型の旧園舎の解体以外は何もしなかったというのが実情である。元々、整理整頓は大の苦手で、ずるずると先延ばしにしてきたというのが正直な所である。

これは言い訳になるが、孫娘の急死も応えた。どういう訳か、頭を動かすことはできるが、体を動かすことが出来なくなった。動作がノロノロで、やる気が出ないのである。だからまだ、妻の物には何も手が付けられないでいる。何をどうして良いのか分からないのだ。

最初に手を付けたのは、物置と化していた職員室。5年間というもの、印刷物のごみが溜まっていた。トナーやインクの空き箱、無駄にした紙類も多く、散らかり放題だった。ため息をつきながらの作業の中で、思いがけない発見があり、それが今回のメッセージに繫がった。

## 妻の絵のルーツは？

妻の絵は、めぐみ園記念館の大きな柱である。が、そのルーツがはっきりしない。もう一つの柱である書は、祖父がルーツだと何度も聞かされた。が、絵の方はいつの間にか始まったので、なぜ絵を描く気になったのかを聞きそびれてしまっていた。それが、この発見で一挙解決となった。これも天の応援団の賜物と感謝した。発見物には、茶色い表紙が付けられていて、「近畿大学豊岡女子大短期大学・通信教育部」とあった。幼稚園教諭の資格を取得するために始めた通信教育で、そのレポート提出票である。科目は「図画工作」とある。無認可幼稚園でも資格だけは取っておきたいという責任感の現れであった。消印は昭和五五（一九八〇）年九月二二日で、園を始めて二年後にはもう通信教育を始めていたことになる。

さて、一枚めくったら、赤い大きな字が目についた。「もっと美しい表現に真面目にとりくみなさい」とあり、「再提出」に赤丸がしてある。添削者の押印には「寺坂」という文字が読み取れ、「ああ、寺坂先生だ」と、一辺に昔がよみがえって来た。思えばあれが我が家の絵のルーツだったのだ。ところで、図工のレポートだが、見たら評価の通りで、お世辞にも上手とは言えない。思わず嗤ってしまうような稚拙な絵である。「先生、良くぞ書いてくださった」と思うと同時に、良くぞここまで頑張ったと妻を褒めてやりたくなった。

私が寺坂先生の名を知ったのは、妻が短期大学を卒業してしばらくたってからである。高知市内の短大に教えに来ておられた先生を一度講演のために呼んだことがあって、それからの縁で年に一度、高知に来られる時、ホテルに泊まらずに、教会の後ろの部屋に泊まられるようになった。その後、私も絵を描くようになった。その頃から、妻は主に油絵、私はコンテパステル専門と棲み分けも自然に出来てきた。

妻が絵を始めたのは、幼児教育のためであった。それは、語学（フランス語、ドイツ語、イタリヤ語、スペイン語、中国語、韓国語、ロシア語、ペルシャ語）も、歌も、日本舞踊も、お琴も、三味線も、すべて同じで、もし、幼稚園を始めなければ、ここまで手を広げることはなかっただろうと思う。それにしても、絵に対する情熱は尋常ではなかった。近くの住吉海岸から始まって、大山岬、それから室戸岬とどんどんスケールが大きくなり、サイズも大きくなって、しまいには、変形の絵を描きたくなって、私はキャンバス作りまでやらされる羽目になった。始めたら最後、はた迷惑も何のその、自分が納得の行くまでトコトンやるという悪い癖が嵩じて、行き着くところまで行き着いたのだから脱帽するしかない。

それにしても、再提出の薬の効き目は絶大である。何が人と人を結び付けるのか、実に不思議である。それにしても、妻は色んなマッチ棒を持っていた。しかし、初めから良く燃えたわけではない。その反対である方が多かったかもしれない。ところが、一向に火のつかないしけたマッチ棒がいつの間にか、赤々と燃えるマッチ棒になっている。そのようなことが幾度あったことだろう。妻は人生をマッチ棒に譬えたが、妻の場合はマッチ箱に譬えることができる。すなわち、妻のマッチ箱には色んなマッチ棒がたくさん入っていて。その一つ一つが赤々と燃えて見事だった。夫としては、いつも側に居て楽しませてもらった。感謝の外はない。

## 人生に再提出なし

図工の設題は次の通りである。

1. 明色調和（明度の高い色の組み合わせ）を不透明水彩絵具（マット水彩）で三種類描きなさい（形は自由）
2. 暗色調和(明度の低い色の組み合わせ)を不透明水彩絵具(マット水彩)で3種類描きなさい。(形自由)
3. 混色調和（純色＋灰色）を不透明水彩絵具（マット水彩）で3種類描きなさい。（形は自由）
4. 清色（明色、純色、暗色）と濁色とを自由に使って次の感じを色によって表現しなさい。

A．明視度が非常に高い（よく目につく）色の組み合わせを一枚の画用紙の中に3種類つくりなさい。

B．暗い重い感じであるが、ひきしまっている感じ（一枚の画用紙の中に2種類）

この設題は、まるでそれぞれの人生を見ているようで、実に興味深い。明色調和だけの人生あり、また暗色調和だけの人生あり、それらが入り混じっているものあり、また夫婦も、明視度の高い者同士の組み合わせもあり、暗い重い感じの組み合わせもある。それぞれが、それぞれの組み合わせで、再提出なしの、待ったなしの人生を送る。それが人生である。

再提出の効かない人生を、妻は悔いなく終えることが出来ただろうか。その願い通りに、くすぶらず、赤々と燃えて終えることが出来ただろうか。

一枚の絵がある。病院で展示会をした時、「その絵は飾らんとって！」と言ったその絵は描きかけだった。一五年ほど前に二人でアメリカを旅行したとき見たグランドキャニオンの絵である。一度描きかけて、「もう一度見ないと描けない。もう一度行こうね」と言っていたのが、とうとう行けずじまいになってしまった。完成させてもらえなかったあの絵は、くすぶっているだろうか。もう一度、その前に立ってみた。すると、こう言っているように聞こえた。

人生に未完はない
死は終わりではない
肉の終わりに過ぎない
人生は未完のまま終わらない
人生とは人が生きること
それゆえ
人生は死で終わらない
一度生まれた命は永遠に生きなければならない
私のキャンバス
天からの設題は何だろうか
再提出のない
白いキャンバス

私の妻は、その赤々と燃えたマッチ棒の明かりで、今も私を照らしてくれているような気がする。

マッチ棒の明かり、それは小さい小さい明かりである。
しかし、キリストの復活から今日まで、
キリストにあるエン・クリストオの者の
　幾多の命が明々と灯されてきた。
その一つ一つが明るく輝いている。
それはまさしく神の栄光の輝きである。
ああ、明るく燃える私のマッチ棒よ。

# あとがき

ヨベル社の安田正人氏より、『死で終わらない生――服部ますみの生涯』（流れのほとり社版）を共同企画で出版したいという申し出を一昨年の11月に受け、旧著を認めて戴いたことを、まず感謝した。この本は妻の死の二か月後に発行したもので、今思うと、筆者にとっては「喪の仕事（モーニングワーク）」のようなものであった。内容は全編、野市教会礼拝メッセージとして話したもので、新しく書く必要がなかったから比較的早く発行することができた。

あれから、もう4年が経とうしている。喪の仕事としての私の務めは、もう終わっている。しかし、もしこの本がなお主のご用に役に立つであれば筆者として嬉しい限りである。

ただ、自分の妻のことをいささかほめ過ぎた部分が気になった。あの時は、喪失感に打ちのめされていたせいか、理想化、偶像化に結び付きかねない記述が多くなってしまった。年月の経過と共に、もっと冷静な目で見た公正な記述も必要であるように感じ筆者の生立ちやふたりの出会いなどを最初の部分に挿入することにした。彼女自身は欠点も多く、普通の平凡な女性であり、決してスーパウーマン等ではない。ここに記されてることは、あくまでも夫の目を通して見た偏った服部ますみ像であることを、この欄を借りて、お断わりさせて戴く次第である。

副題を、「服部ますみの道程」としたのは、散歩の途中、思いがけなく高村光太郎の「道程」に出会い、人生の意味を深く知らされたことから、変えさせて頂いた。なお、最後の二編は新メッセージの中からの出題である。この本が多くの人たちに読まれ、光太郎の言う「父」の存在が知られ、それぞれの、「父」の子としての道程の中で、父の栄光が現れるきっかけとなるなら、著者としてこれに過ぎる喜びはない。ここまで読み進めてくださった読者に感謝しつつ筆を置くことにする。

マッチ棒の詩——死で終わらない人生

二〇一六年一二月二五日

服部　稔

著者略歴
服部　稔（はっとり・みのる）
1943年鹿児島県生まれ。大阪聖書学院卒業。野市キリストの教会牧師。
著書：
吉岡利夫著、上田勇監修『塀の中のキリスト——エン・クリストオの者への道』（ヨベル、2015年、上田勇は服部稔です）、『流れのほとりシリーズ』、『豆狸物語』、他

ヨベル新書 040
マッチ棒の詩——死で終わらない人生　服部ますみの道程

2017年3月17日 初版発行

著　者 —— 服部　稔
発行者 —— 安田正人
発行所 —— 株式会社ヨベル　YOBEL, Inc.
〒113-0033 東京都文京区本郷4-1-1　菊花ビル5F
TEL03-3818-4851　FAX03-3818-4858
e-mail：info@yobel. co. jp

印刷 —— 中央精版印刷株式会社



配給元—日本キリスト教書販売株式会社（日キ販）
〒162 - 0814　東京都新宿区新小川町9 -1
振替 00130-3-60976　Tel 03-3260-5670

ISBN978-4-907486-34-1 C0216

## 今ある教会への叱責と激励を本書から感受！新しい伝道と宣教の姿。

2016年1月号『本のひろば』掲載

吉岡利夫［著］　上田　勇［監修］

**塀の中のキリスト――エン・クリストオの者への道**

評者：**川上直哉**（東北ヘルプ事務局長）

命がけの問いかけを受けて、命がけで答える。そうした経験を、どれだけ私たちはしていることでしょう。「主よ、あなたの杖を持つ教会の上田牧師から今日、このように心温まる返信を」と、牧師の答えに感激する人がいることを、どれだけ私たちは、本気で想像しているでしょう。

本書は、そうした本気の遣り取りの成果です。無期懲役の受刑者と牧師との交流の物語。確かに本書は、今生きて働く神様の業を物語る証しとなっています。そこに登場するのは、今を生きている吉岡さんという「受刑者」と、上田さんという「牧師」。お二人とも、目に入れても痛くない程の愛情を注ぐ子や孫がいる。人生を共にと誓った伴侶がいた、生身の人間です。……本書に登場する受刑者・吉岡さんは、「未来は無い」と言い切ります。その現実を前にして、牧師に、果たして何が語れるのか。その時、牧師の能力・知識は無意味になる。そうした出来事が、本書に証しされています。

福音がはっきりと輝く時、福音の輝きを遮っていた様々なものが見えてきます。その「様々なもの」は、善意と神学によって裏付けられて、熱心に真剣に勧められる。でも、それが遮蔽物になる。吉岡さんは、最初「H」という牧師に神様の愛を知らされ、感激し、信仰を告白し、訓練を受けました。でも、その教導には愛がなかった。そう気づいたとき、吉岡さんは塀の中で挫折した……。その吉岡さんが、しかし「聖書の上辺の知識にはもう懲り懲りだ、と言って落ちる穴を恐れていては前進ができない」と思い定めて、祈りを込めて「古里の教会」に手紙を出した。それが本書になって結実。

本書は三部構成になっています。……第三部は、本書の白眉です。フクシマの現場で、私は、親しい方の御息女「りうなちゃん」が五歳を目前に白血病で亡くなる、その過程を共にしました。同じように、吉岡さんは上田さんの8歳の孫娘「みちるさん」が難病で急逝する過程に同伴します。ずっと吉岡さんを支えた妻「まゆみさん」の急逝の直後に。その悲しみを支える吉岡さんの言葉が、今、ここに残されたことを幸いに思います。……本書に示された言葉は、全て、個人名を伴った「心のままを表白」（内村鑑三）したものです。本書副題は「エン・クリストオの者への道」。キリストを纏う者の道は、自分の心のままの言葉がそのまま証しとなる道である。こうした証しが交響するなら、そこに新しい伝道と宣教の姿があるだろう。そのように励まされる本でした。（かわかみ・なおや＝日本基督教団仙台北三番丁教会担任教師）

（ヨベル新書031・新書判・296頁・1,000円＋税・ヨベル）